세상의 모든 부모님,
자식이 철들 때까지만
부디, 건강하시길

노희경 올림

세상에서 가장 아름다운 이별

세상에서 가장 아름다운 이별

초판 1쇄 발행 2010년 4월 26일
초판 36쇄 발행 2015년 2월 5일
개정판 1쇄 발행 2015년 4월 30일
개정판 24쇄 발행 2023년 10월 1일

지은이 | 노희경
펴낸이 | 金湞珉
펴낸곳 | 북로그컴퍼니
주소 | 서울시 마포구 와우산로 44(상수동), 3층
전화 | 02-738-0214
팩스 | 02-738-1030
등록 | 제2010-000174호

ISBN 978-89-94197-82-1 03810

※ 잘못된 책은 구입하신 곳에서 바꿔드립니다.
※ 이 책은 북로그컴퍼니가 저작권자와의 계약에 따라 발행한 책입니다.

노희경 원작 소설

세상에서 가장 아름다운 이별

북로그컴퍼니

부모도 자식의 한이 되더라

어머니가 돌아가시기 전, 나는 그녀가 내 한이 되리라고는 미처 상상하지 못했었다. 그러나 그 시절, 분명 나는 그녀의 한이었을 것이다.

내 어머니는 순하디순한 분이셨다. 그 순함이 정도를 지나쳐 아마도 모르는 사람이 그녀를 봤다면 조금 모자란다 하였을 것이다. 그녀는 젊어서는 자식들 잡기를 쥐 잡듯 하여 제 성질을 못 이기더니, 오십 줄에 접어들면서부터는 희한하게도 갑작스레 흰머리가 늘고 주름이 지는 상늙은이가 되더니만, 싫고 좋고도 없는 마냥 무골인이 되었다.

그런 그녀의 변화를 두고 자식들은 저마다 의견이 분분했지만, 결론은 극악한 삶의 고통이 그녀를 지치게 하지 않았겠느냐 그리 맺었다. 오십에 그렇게 기운이 쇠하기 시작한 그녀는, 이후 누가 막말을 해도 성을 안 내고, 누가 옆에서 까무러쳐도 별 관심을 보이지 않더니 오십 중반에 덜컥 암에 걸렸다. 그러곤 별로 내색도 않더니만 1년 반의 짧은 투병 기간에도 자식들이 헉헉대자, 삼 일간 혼수상태로 있다가 날 좋은 날 가볍게 눈을 감았다.

나는 지금도 임종 때의 그녀를 기억한다.

그녀는 편하게 웃지도, 고통스럽게 보채지도 않고 아주 건조하게 돌아가셨다. 그녀가 저세상으로 간 지 이제 5년. 우리의 이별은 아름답지도 않았고, 슬프지도 않았다. 나는 그때 어머니의 장례를 치르며 오직 한 생각뿐이었다. 모든 의식이 어서 끝나고 잠이나 실컷 잤으면, 잠이나 실컷 잤으면 그 생각뿐이었다.

나는 어머니를 사랑했다. 지금도 나는 어머니를 사랑한다.

'죽은 자를 사랑하지 마라. 죽은 자 맘 아파 이승 문턱 못 넘을라.'

내가 매일 어머니를 부여잡고 놓지 않는다는 걸 알고, 한 스님이 내게 이런 식으로 충고하셨다. 그 충고에 나는 옳다구나 싶었다.

'그래, 가지 마라. 어머니 저승에 가지 마라.

넋이라도 이승에 남아 나랑 먹고 놀자. 나랑 먹고 놀자.'

누구는 내 말이 말이 안 된다 할 것이다. 제 어미 죽는 날 그리 잠만 밝혔다며, 사랑한다는 건 뭐고, 저승까지 가지 말라니 그건 또 무슨 말인가? 그렇다. 이건 분명 말이 아니다. 그러나 나는 정말 그랬다.

나는 술도 안 마시면서 곧잘 했던 말을 또 하고 했던 말을 또 하는 못된 버릇이 있다. 어머니가 돌아가시고 난 다음 그 버릇은 더욱 중증이 되었다. 내 지기들은 모두 열댓 번씩 들은 말을 나는 지금 또 하려 한다.

어머니 돌아가시기 한 열흘 남짓 전의 일이다. 그날은 토요일이었다. 그 날 나는 일찍 퇴근해 어머니와 아버지, 그리고 지금은 우리 집의 수양딸이 된 고아 친구 향이와 성남문화회관에서 하는 공옥진 여사 공연을 보러 갔었다. 어머니 생전에 처음 하는 공연 구경이었고(참말이다. 물론 동네 약장수 구경은 한 적이 있었지만, 일금 만 원짜리 공연 구경은 처음이었다), 내 생전에 어머니와 같이 본 처음이자 마지막 공연이었다.

우리는 그 공연을 참 즐겁게 봤다. 분수에 안 맞게 택시를 타고, 분수에 안 맞게 공연 도중 걷는 불우이웃돕기 성금을 만 원씩이나 내면서, 분수에 안 맞게 호탕하게 웃어젖혔다.

그때가 기억난다. 나는 그냥 웃는데, 내 어머니 구경하는 모습이 가관이었다. 아이처럼 눈을 동그랗게 뜨고, 남들 웃는 대목에서 괜스레 눈이 붉어지며 박수를 치는데, 그 소리가 정말 우렁찼다. 그때 나는 스스로를 대견하게 생각하면서, 그래도 내가 참 효녀 짓을 했구나 싶었다.

우리는 공연 구경을 다 하고, 오천 원이나 하는 공옥진 목각을 사고 일식집으로 갔다. 부모님을 대접하는 첫 자리였다. 참, 일식집에 가기 전, 내 호의가 과했는지 아버지는 한사코 집에서 밥 먹지 돈 주고 밥을 왜 사 먹느냐 했고, 어머니는 우리 막내딸이 뭘 사줄까 보자며 선뜻 가자 했다.

속없는 어머니.

사실, 그즈음 내 주머니는 허당이었다. 그러나 한 번 한 말을 도로 담아 넣을 수도 없는 일, 나는 일식집 문을 너무도 당당하게 열어젖혔다. 그리고 주문을 했는데, 알탕에 생선초밥, 그게 전부였다. 음식이 나오고, 빈약한 상차림에 스스로가 멋쩍어 나는 서둘러 먹자 하고 먼저 수저를 들었다. 그런데, 한참을 아버지와 나 그리고 향이가 수저질을 하는데도 어머니는 도통 가만히만 계셨다. 음식이 마음에 안 드시나 싶었다. 다른 걸 시켜드릴까 싶었다. 상차림이 민망해 어머니 얼굴을 못 보고, 나는 그리만 생각했었다. 그러다 용기를 내어 어머니 얼굴을 봤는데, 그 눈을 봤는데, 눈물이 그렁해 울고 계셨다. 눈물이 날 만큼 좋으셨던 것이다.

'내가 언제 이런 사랑 받아나 봤겠니.'

내 어머니는 그렇게 싸구려 효도에도 감동하는 그런 분이었다. 나는 지금도 그때 일을 두고두고 못 잊는다. 내 얼마나 그녀 알기를 소홀히 했던가.

참 묘하다.
살아서는 어머니가 그냥 어머니더니,
그 이상은 아니더니,
돌아가시고 나니 그녀가
내 인생의 전부였다는 생각이 든다.

그래도 그녀 없이 세상이 살아지니 참 묘하다.

드라마 〈세상에서 가장 아름다운 이별〉은 픽션이다. 내 아버진 의사도 아니요, 난 연수처럼 고분고분한 딸도 아니었다. 그러나 난 이 글을 쓰며 참 많이 울었다. 드라마 속의 김인희, 그녀는 내 어머니에 다름 아니었기 때문이다. 나는 이 글을 쓰며 내가 그녀의 못난 한이었듯, 그녀 역시 이제 와 내겐 다 못한 사랑의 한이 된다는 걸 알았다.

나는 바란다. 내세에 다시 그녀를 만난다면, 다시 그녀의 막내딸이 된다면, 더 바랄 것이 없겠다.

내가 그녀를 사랑했다는 걸,
목숨처럼 사랑했다는 걸 그녀는 알았을까.
초상을 치르면서는 잠만 잤어도,
지금까지 하루도 거르지 않고
그녀로 인해 울음 운다는 걸 그녀는 알까.
제발 몰라라. 제발 몰라라.

노희경

차례

1

"나 오늘 일 보구 당신하고 같이 들어오면 어떨까 싶은데…."

"뭐하러?"

"오줌소태가 영 안 낫네? 가서 윤 박사도 좀 보구…."

"그런 건 약 먹어두 나아. 뭐 한다구 병원까지 와."

"낫질 않으니까 그렇지."

“밥 안 줘, 이년! 날 아주 굶겨 죽여라, 이년! 이 빌어먹을 년!”

할머니의 앙칼진 목소리가 이른 아침부터 집 안을 쩌렁쩌렁 울린다. 변기에 앉아 아랫배를 부여잡고 신음을 뱉어내던 엄마는 할머니의 악다구니에 덩달아 마음이 조급해진다. 아랫배를 쥐어짜는 듯한 통증 때문에 얼굴엔 이미 식은땀이 흥건하다.

몇 달 전부터 아랫배가 따끔거리더니, 어느 순간부터 오줌소태가 시작되었다. 일을 보고 화장실을 나오기가 무섭게 다시 화장실로 들어가야 할 때도 있었다. 불쾌한 느낌은 나아지는 기미 없이 점점 심해지기만 했다. 얼마 전부터 엄마는 화장실에 가는 일이 무서워졌다.

어지간한 통증이나 아픔은 대수롭지 않게 넘기던 엄마였다. 천성이 무던하기도 했거니와, 몸이나 마음에 붙은 아픔을 그저 자신의 일부인 양 달고 사는 데 이력이 난 때문이기도 했다. 하지만 이번 오줌소태는 아무리 약을 먹어도 좀처럼 떨어져 나갈 줄 모르고 점점 몸을 옥죄어오는 느낌이다.

"이 호랑이가 물어갈 년아! 시에미를 굶겨 죽일라고 환장을 했냐!"

할머니의 성화가 이어졌다. 치매 때문에 앞뒤 가리지 않고 터져 나오는 할머니의 억지와 욕설은 하루 이틀의 일이 아니다. 엄마는 할머니의 소란보다 어수선한 기분으로 아침 출근길에 오를 가족들에게 더 마음이 쓰인다.

"곧 나간다니까! 오줌도 맘 편히 못 눈다, 내가…."

엄마는 아픈 걸 간신히 참으며 할머니를 달래듯 소리쳤다. 결국 소변은 보지도 못한 채 바지춤을 올리고 말았다.

"밥 안 줘? 밥 줘!"

화장실에서 나오는 엄마를 보고 할머니가 득달같이 소리친다.

할머니는 목에 턱받이까지 하고 소파에 앉아 밥을 기다리고 있었다. 주방에서 달그락거리는 소리는 났는데도 며느리가 도무지 밥 줄 생각을 안 하니 화가 단단히 난 모양이다. 출근할 식구들 밥만 차려놓고 급히 화장실로 뛰어가야 했던 엄마의 사정을 할머니가 알 리 없다.

"줘요. 좀 기다려. 성화도 부려쌓네."

종종걸음 쳐 주방으로 가보니 엄마가 우려했던 대로 아버지는 밥그릇을 반도 비우지 못하고 방으로 들어가버렸다. 식탁 위에 우유팩이 놓여 있는 걸 보니 정수도 밥 대신 우유 한 잔으로 아침을 때운 모양이다. 삼수까지 하고 얼마 전 의대 시험을 치른 뒤라 정수는 요즘 신경이 꽤나 날카로워져 있다. 결과를 기다리는 마음이 얼마나 초조할까 싶어 엄마는 아들이 자꾸 마음에 걸린다.

"또 죽 줄 거지? 이 나쁜 년!"

서둘러 죽을 데우는 엄마에게 할머니가 못마땅한 듯 버럭 소리를 질렀다.

"노친네, 또 억지 부리네. 기껏 밥 싫다고 죽 끓이라며…."

엄마가 웃으며 죽 그릇을 쟁반에 받쳐 거실로 내왔다.

"이년이!"

아직도 화가 안 풀렸는지 할머니는 잔뜩 골이 난 얼굴로 엄마를 노려본다. 할머니의 억지에도 짜증 한마디 없이 엄마는 늘 하던 대로 숟가락에 죽을 떠서는 호호 불어 내밀었다.

"아이구, 맛나네. 자, 우리 이쁜 어머니, 한번 드셔봐."

할머니는 여전히 엄마에게 눈을 흘기면서도 떠 넣어주는 죽은 잘도 받아먹는다.

"저, 가요."

연수가 현관으로 나가며 건조하게 인사를 했다. 요즘 들어 무슨 걱정이 있는지 얼굴이 해쓱해진 연수를 엄마가 안쓰러운 마음으로 바라본다.

"그래."

엄마는 연수에게 대답을 해놓고 문득 안방 쪽을 돌아본다. 그제야 '아차!' 싶어 죽 그릇을 탁자 위에 놓고 부리나케 안방으로 향했다.

안방 거울 앞에서 출근 준비를 하던 아버지의 미간이 미세하게 흔들렸다. 거울 속에서 자신을 바라보는 한 남자. 깊게 패인 이마 주름과 반쯤 벗겨진 머리칼, 중년을 훌쩍 넘긴 거울 속의 남자는 이젠 어떤 미망이나 열정이 들어설 자리도 없어 보였다. 아버지는 자기도 모르게 한숨이 흘러나왔다. 병원에서 젊은 원장과 사이가 좋지 않아 요 며칠 신경을 쓴 탓일까. 눈에 띄게 늘어난 흰머리 탓에 더 늙고 초라해 보였다.

8년 전, 뜻하지 않은 의료사고로 어렵사리 개업한 병원마저 남의 손에 넘어간 뒤 아버지는 월급쟁이 의사 생활을 하고 있다. 내년이면 정년인 아버지는 요사이 부쩍 자신이 쓰고 버려진 폐물이 되어가는가 싶어 마음이 언짢다.

"오늘, 수술 있어요?"

어느 결에 안방에 들어온 엄마가 손수건을 건네며 조심스럽게 물었다. 아버지는 대꾸도 없이 거울만 들여다보고 있다. 워낙 무뚝뚝한 성격이라 좀처럼 한 번 묻는 말엔 입을 열지 않는 아버지다. 엄마는 으레껏 되묻는다.

"없어요?"

엄마는 넥타이를 고쳐주는 척하며 아버지의 눈치를 살폈다.

"왜?"

아버지의 퉁명스러운 대꾸가 날아왔다.

"나 오늘 겟날이거든. 일 보구 당신하고 같이 들어오면 어떨까 싶은데…."

"뭐하러?"

"오줌소태가 영 안 낫네? 가서 윤 박사도 좀 보구…."

"다른 병원 가."

아버지는 말꼬리를 자르며 싫은 내색을 했다. 엄마가 병원 얘기만 꺼내면 아버지는 늘 이렇게 질색부터 한다. 명색이 의사 마누라지만 아프다고 남편 병원에 들락거린 기억이 없는 엄마였다.

"윤 박사가 편한데…."

엄마는 아버지의 눈치를 살피며 말꼬리를 흐렸다.

"그런 건 약 먹어두 나아. 뭐 한다구 병원까지 와."

더 이상 들을 게 없다는 듯 아버지는 방문을 나선다. 평소 같으면 이 정도에 단념하고 말았을 엄마지만 오늘은 작정하고 아버지를 따라붙는다.

"낫질 않으니까 그렇지."

"아버지, 늦어요!"

현관에서 기다리고 있던 연수가 시계를 들여다보며 아버지를 부른다. 운전을 못 하는 아버지를 병원까지 데려다주는 일이 연수의 몫이었다.

엄마는 현관까지 아버지를 배웅하며 안 하던 애교까지 부려본다.

"가요, 나?"

아버지는 끝내 대꾸 한마디 없이 현관을 나섰다. 엄마는 거실 유리창 너머로 아버지의 뒷모습을 서운한 얼굴로 바라본다.

'속 시원하게 병원에 오라고 해주면 좀 좋아?'

아버지의 주변머리를 모르는 바 아니지만 이럴 때 서운한 마음이 드는 건 어쩔 수 없다.

"밥 안 줘, 이년아? 시에미를 똥둑간의 똥 덩어리만도 못하게 여기는 이년, 이 못된 년!"

어느 틈에 다가왔는지 할머니가 엄마의 머리채를 낚아채더니 순식간에 엄마를 거실 바닥에 자빠뜨렸다. 한참 맛나게 죽을 삼키던 참이었는데 갑자기 자리를 떠버린 엄마에게 단단히 화가 났던 것이다. 어디서 그런 힘이 솟는지 할머니는 쓰러진 엄마의 머리채를 잡고 마구 휘둘러댔다.

"아이구, 머리야. 노친네, 기운도 좋지. 좀 놔요. 머리카락 다 뜯기네."

시끄러운 소리에 뒤돌아보던 아버지는 또 저런다 싶어 한숨 한 번 내쉬고는 그대로 대문을 나선다.

"지들만 먹고, 난 밥 안 줘, 이년!"

"아이고 아퍼라, 노친네야!"

목소리는 높아도 엄마에게선 노망든 할머니를 탓하는 기색이 전혀 없다. 으레 그렇듯, 엄마의 하루 일과가 또 이렇게 시작된 것이다.

할머니는 몸집이 자그마해도 한 번 성이 났다 하면 당할 장사가 없을 정도로 기운이 펄펄 넘쳤다. 그럴 때마다 머리를 된통 뜯기거나 온몸이 곤죽이 되도록 맞으면서도, 엄마는 불쾌한 내색 한 번 하지 않았다.

그것은 할머니가 정신이 온전할 때도 마찬가지였다. 온갖 구박을 다 받으면서도 늘 사정하고 용서를 구하는 쪽은 엄마였다. 속이 없는 건지 무던한 천성 탓인지, 엄마는 어떤 일이건 그러려니 하고 넘기며 살아왔다. 엄마 자신이 그렇다 보니 가족들도 엄마가 당하는 일에 크게 동요하지 않게 되었다. 아침에 할머니가 일으킨 소동도 가족들에겐 일상의 풍경처럼 익숙할 뿐이었다.

그렇게 한바탕 폭풍이 휘몰아친 뒤에야 할머니는 양처럼 순해졌다. 하지만 엄마는 머리칼이 한 움큼은 빠져버린 것 같았다.

온몸이 욱신거리는 걸 겨우 참고 엄마는 아침 먹은 설거지를 시작했다. 죽 한 그릇을 맛나게 다 비운 할머니는 언제 그랬냐는 듯 거실 소파에 앉아 공을 갖고 놀고 있다. 투명한 상자 안에 가득 담긴 색색의 공을 가지고 기억력 훈련을 하고 있는 것이다. 어디선가 치매 환자 치료에 공놀이가 좋다는 얘기를 듣고 온 엄마가 틈만 나면 할머니와 공놀이를 한 지도 꽤 되었다.

설거지를 하느라 할머니를 바로 쳐다보지 않으면서도 엄마는 할머니가 빨간 공을 찾으려고 공이 든 상자 안을 뚫어져라 보고 있을 걸 알고 있다.

"빨간 공, 새색시 볼처럼 빨간 공이 어딨을까요?"

엄마의 말이 끝나기 무섭게 할머니는 말 잘 듣는 어린애처럼 천진난만한 표정으로 상자 안을 살피더니 빨간 공을 들어 보여준다.

"아이고, 잘했네. 이번엔 하얀 공."

엄마의 칭찬에 할머니는 기분이 좋다. 밝은 얼굴로 다시 상자 안을 들여다보며, 흰 공을 가려내기 위해 부지런히 눈망울을 굴린다. 하지만 좀체 찾을 수가 없는지 엄마를 바라보며 눈치를 살핀다. 하지만 엄마가 힌트를 주지 않자 이 공 저 공을 들었다 놓았다 하며 같은 동작만 되풀이한다.

한참을 고민하던 할머니가 드디어 공 하나를 집어 들고 외친다.

"여기, 흰 공."

엄마가 돌아보더니 고개를 절레절레 흔든다.

"아니, 그건, 노란 공이잖아요."

"아냐, 흰 공 맞어!"

할머니는 노란 공을 들고 흰 공이라 우겨댄다.

"노란 공이라니깐."

"미친년, 저번엔 이게 흰 공이라더니…."

한사코 우기던 할머니는 자존심이 상했는지 금세 토라지고 만다.

"내가 언제? 안 그랬어요."

엄마의 하는 양이 마치 어린아이를 달래는 것 같다.

"안 해."

약이 바짝 오른 할머니가 냅다 공을 팽개쳐버린다. 잠잠한가 싶던 할머니의 응석이 또 시작된 것이다.

"왜, 또?"

"… 업구, … 나중에 해."

"나두 안 해. 싫어."

엄마도 밉지 않게 눈을 흘기며 고개를 내젓는다.

"업어!"

"안 해. 나두 이제 늙어서 허리 아퍼."

하지만 그건 그저 말일 뿐, 엄마는 서둘러 설거지를 마치더니 할머니를 업고 마당으로 나선다. 잠이 오는지 할머니는 가물가물 눈꺼풀을 내려 감는다. 할머니는 엄마 등에 업혀 잠드는 걸 제일 좋아한다.

엄마가 자장가 삼아 흥얼흥얼 노래를 부르기 시작한다.

발길을 돌리랴고
바람 부는 대로 걸어도
돌아서지 않는 것은
미련인가 아쉬움인가
가슴에 이 가슴에
숨겨진 그 사연이….

햇살이 곱다. 엄마는 노래를 흥얼거리며 장이 햇볕을 담뿍 받도록 일일이 항아리 뚜껑을 열어준다. 장이 잘 익어가는 걸 볼 때마다 차려준 밥 맛나게 먹어주는 아이들 보는 기분만큼이나 뿌듯했다.

중풍기가 있는 할머니의 왼팔이 엄마의 목을 무겁게 내리누른다. 할머니가 아무리 깡마른 몸집이라 해도 같이 늙어가는 엄마로서는 오래 업고 있기가 힘에 부친다.

엄마는 아기를 재우듯 살살 몸을 흔들며 할머니가 깰세라 조심스레 대문 쪽으로 걸음을 옮겼다. 할머니를 봐줄 간병인이 대문 밖에 도착한 기척이 난 것이다. 살금살금 대문 쪽으로 서너 발짝쯤 떼었을 때, 등 뒤에서 잘 자고 있으려니 믿었던 할머니가 고개를 번쩍 들었다.

“누가 왔어?”

할머니를 재워놓고 조용히 외출하려던 엄마의 기대가 여지없이 무너지는 순간이었다.

“어디 가냐, 어디. 나 두구 어디 가냐, 이년, 이년!”

간병인에게 할머니를 부탁하고 외출복 차림으로 방을 나서는 엄마에게 할머니가 생떼를 쓴다.

“어디 가는데? 나두 데려가줘!”

아무리 떼를 써도 엄마가 외출을 포기하지 않을 것 같았던지 할머니는 울상을 지으며 애처롭게 매달린다.

“어머니, 나 후딱 댕겨올게. 얌전히 계셔.”

엄마는 간병인에게 눈짓을 하고 서둘러 현관을 나왔다.

“싫어, 이년. 나두 데려가, 이년아!”

안에서 악을 쓰는 할머니 목소리가 마당까지 새어 나온다. 한시라도 곁을 지키지 않으면 무슨 일을 저지를지 모르는 할머니 때문에 엄마는 외출을 해도 늘 바늘방석이다.

할머니는 며느리가 아닌 다른 사람과 같이 있는 걸 몹시 겁냈다. 그래서 변변히 외출 한 번 못 해본 엄마지만, 오늘만큼은 벼르고 별러온 볼일이 있었다. 한겨울이 되기 전에 일산에 지어놓은 새집에 입주하려면 곗돈을 타 와야 했다. 그렇게 학수고대하던 곗날이 바로 오늘이었다.

일 년 뒤 남편이 정년퇴직을 하면 일산의 새집에서 부부가 느긋하게 노후를 보내는 것, 양지바른 그 집에서 할머니를 편안히 모시는 것. 엄마가 갖고 있는 노후의 바람은 그 두 가지뿐이었다. 오늘 계를 타서 자재 대금만 갖다 주면 추위가 닥치기 전에 새집이 완성될 것이고, 곧 입주도 할 수 있을 것이다.

대문을 나선 뒤에도 할머니의 목소리가 자꾸 귓전에 닿아 엄마는 발길이 쉬 떨어지지 않았다. 문밖에 서서 또 한참이나 안쪽을 기웃거리던 엄마는 가까스로 마음을 추슬러 버스 정류장으로 향했다.

이래저래 늑장을 부리다 보니 벌써 약속 시간보다 삼십 분 가까이 늦은 시각이었다. 서둘러 만원버스에서 내려 백화점 안으로 들어선 엄마는 그 와중에도 매장 일층의 세련된 디스플레이를 바라보며 흐뭇한 미소를 지었다. 마침 계모임이 있는 커피숍이 연수가 디스플레이어로 일하는 백화점 건물 안에 있었다.

"우리 연수가 이걸 다 했나?"

엄마는 딸의 솜씨를 둘러보며 대견하다는 듯 중얼거렸다.

다음 시즌 매장 디스플레이에 쓰일 자재 리스트를 점검하던 연수는 인터폰 소리에 고개를 들었다. 부장의 호출이었다. 어지간한 일 아니면 대리급 직원을 부르지 않는 부장이 무슨 일로 자신을 호출한 것인지 의아해하며 연수는 부장의 사무실로 향했다.

사무실 문을 여는 순간, 연수는 온몸이 저릿하게 떨려오는 걸 느꼈다. 부장이 애지중지하는 라임색 가죽 소파에 영석이 앉아 있었다. 그것도 태연하게 웃으면서.

영석을 다시 보지 않기를 바랐다. 그를 다시 본다 해도 아무런 감정의 흔들림 없이 냉정하게 맞서주리라, 다짐하고 또 다짐했었다. 하지만 아무런 예고도 없이 그를 맞닥뜨리게 되자, 가슴 밑바닥에서 울컥 터져 나오는 날감정을 주체하기가 힘들었다.

연수는 영석에 대한 감정을 지그시 누르듯 시선을 내리깔았다. 적어도 영석에게는 흔들리는 자신을 들키고 싶지 않았다.

"정연수 씨, 이번 자재 말이야. 대성 쪽으로 하지?"

이미 결정 난 상황이란 걸 뻔히 알면서도, 부장은 마치 동의를 구하기라도 하듯 연수에게 물어왔다. 이 바닥에서 프로 중의 프로라고 소문난 영석이 그 특유의 비즈니스 능력을 발휘해서 이미 납품이 진행되고 있는 다른 회사의 자재를 대성 쪽으로 급전환시켰음에 틀림없다.

연수는 실무자로서 업무 영역을 침범당한 것도 불쾌했지만, 그동안 아무 일도 없었다는 듯 미소 짓고 있는 영석의 말쑥한 옆모습을 보자 화가 났다. 그와 연락이 끊긴 삼 개월 동안, 연수는 살아도 산 것 같지 않았다. 죽을 것 같은 아픔과 그리움, 분노와 모멸감을 견디고 이제 겨우 숨을 쉴 수 있게 되었는데… 영석은 아무 일도 없었다는 듯 편안하고 유쾌한 얼굴이다.

연수는 영석을 의식하며 단호하게 말했다.

"그건 곤란한데요, 부장님. 벌써 인화에서 자재가 일부 들어와 있고, 또 계속 들어오기로 되어 있어요."

"아, 그거야 일단 반품시키고 다음번에 써주면 되잖아?"

"전, 그렇게 못 해요, 부장님."

"하, 원 참. 고집 부릴 게 따로 있지. 이건 위에서도 결정이 난 거라니까 그러네?"

들어오는 단가에 따라 수시로 자재 납품업체가 바뀌는 건 비일비재한 일이다. 그걸 모를 리 없는 연수지만 낯까지 붉혀가며 고집을 부리고 있었다. 영석에 대한 감정이 자신을 막무가내로 몰아가고 있다는 걸 연수는 누구보다 잘 알고 있었다. 영석 역시 그런 연수의 감정을 읽기라도 한 듯, 부장과 그녀를 번갈아 쳐다보며 다정한 미소를 지었다.

연수는 더 이상 참을 수 없어 결재 서류를 책상 위에 던지듯 내려놓고는 사무실을 박차고 나와버렸다.

비상구 계단을 뛰어 내려가는 연수 뒤로 영석의 발걸음이 느껴졌다. 그를 외면해야 한다는 마음과 그에 대한 그리움이 뒤엉켜서일까. 계단 모서리를 돌던 연수의 몸이 휘청거리는 순간, 영석이 연수의 어깨를 잡아 벽으로 몰아세웠다.

"이러지 마, 연수야! 얘기 좀 하자."

영석은 간절한 눈으로 연수를 바라보았다. 연수가 그토록 갈망하고 그리워했던 그의 눈길이다. 그러나 연수는 알고 있다. 다시는 마주쳐서도 안 되고, 외면해야 하는 눈길이란 것을.

"누가 뭐래도 그쪽 자재 안 써요. 가세요."

연수는 몸을 돌려 영석의 눈빛을 외면했다.

"일 얘기 아니야."

영석이 다시 연수의 앞을 가로막았다.

“그땐 그럴 수밖에 없었어.”

“또 아내가 의심을 하던가요? 그래서 나한테 전화 한 통 없이 그 여잘 삼 개월 동안… 달랬어요? 그랬어요?”

연수는 지난 삼 개월 동안 철저히 그에게 외면당했다. 그 대가로 영석은 가정의 평화를 얻었을 것이다. 하지만 연수 자신에겐 모멸과 회한의 연속이었다. 어차피 시작부터가 어긋난 사랑이었다면 이쯤에서 끝내야 한다.

“이러지 말고, 얘기하자, 우리.”

“무슨 얘기요? 내가 얼마나 힘들었는지, 내가 얼마나 무참했는지, 그 얘기요?”

“… 욕심 부리지 않기로 했잖니?”

연수는 이 남자의 이기적인 사랑이 너무 어이없어 헛웃음이 새어 나왔다.

“그래요, 욕심 부리지 않기로 했어요. 그러니 가요.”

연수가 차갑게 등을 돌렸다.

한때는 영석의 사랑만 있다면 그 어떤 것도 욕심날 게 없다고 생각했다. 욕심 부리지 않겠다고 먼저 말을 꺼낸 사람도 연수 자신이었다. 가슴 설레고 심장을 뛰게 하는 그 사랑만으로 족했었다. 하지만 그를 사랑하면 할수록 자신이 너덜너덜한 넝마처럼 하찮고 구차해지는 순간을 마주할 수밖에 없었다.

하루에도 수십 번 지옥을 오가며 견디던 무모한 기다림. 하지만 그 기다림에서 오는 모멸감은 그의 달콤한 속삭임에 한순간 무너져 내리곤 했다. 이 넌덜머리 나는 사랑. 연수는 이 지옥에서 구원받고 싶었다.

"이러지 마, 연수야! 사랑해."

입술을 깨물며 돌아서는 연수를 그가 뒤에서 끌어안았다. 연수를 놓아주지 않겠다는 듯 그의 팔에 점점 힘이 더해졌다.

연수는 안간힘을 쓰며 잡고 있던 줄 하나가 툭 끊어져 나가는 걸 느꼈다. 그녀의 뺨에 주르르 눈물이 흘러내렸다. 아직… 그를 보내기엔 연수의 사랑이 깊었다. 연수는 그의 사랑 앞에서 또다시 무너져 내리는 자신을 느끼며 오히려 깊이 안도하고 있었다.

연수와 영석은 계단에 나란히 앉아 한동안 말이 없었다.

알 수 없는 일이다. 그에 대한 그리움에 목이 메고, 그를 볼 수 없다는 현실에 좌절하고, 눈앞의 그를 외면하려 발버둥치더니, 지금 그와 함께 있는 이 공간과 시간에 감사하는 마음이 들다니, 무너져 내린 마음에 안도를 하다니…. 참 알 수 없는 일이라고 생각하던 연수는 놓으려 해도 놓아지지 않는 이 질긴 사랑의 시작을 떠올리고 있었다.

라일락 꽃내가 어찌나 심한지, 마치 환각의 거리에 서 있는 듯한 이상한 봄밤이었다. 야근을 하고 밤늦게 사무실을 나서던 연수의 눈에 백화점 앞 벤치에 앉아 있는 영석이 들어왔다. 그는 깊숙이 빨아들인 담배 연기를 한숨처럼 봄바람에 실어 보내고 있었다. 순간, 연수는 무언가 가슴을 툭 치고 지나가는 걸 느꼈다. 그가 내뿜는 쓸쓸함이 연수의 가슴을 싸하게 훑고 지나가는 듯도 싶었다.

그냥 지나칠 수도 있었다. 아니, 어쩌면 그를 못 본 척 지나가는 게 맞는 일이라고 생각하면서도 연수는 알 수 없는 기운에 홀린 듯 영석에게 다가갔다.

"… 이 늦은 시간에 여기서 뭐… 하세요?"

의례적인 물음이 아니었다. 그 순간, 연수는 영석이 왜 그 늦은 시간에 그 자리에 있는지 진심으로 궁금했다. 불과 일 분 전까지만 해도 거래처 사람이라는 것만 빼면, 연수와 전혀 상관없었던 그 남자가 불쑥 너무나도 궁금해진 거였다.

"누굴 좀 기다리느라… 할 얘기가 있어서…."

"아… 네…. 그럼 전…."

누군가를 기다리고 있었노라는 그의 말을 듣는 순간, 연수는 그에 대한 궁금증을 들켜서는 안 된다고 생각했다. 혹시 그가 눈치를 채기 전에 그 자리를 벗어나야 한다는 생각에 발걸음을 돌리려던 순간이었다.

"연수 씨… 그쪽을 기다리고 있었어요."

두 사람은 백화점 뒤편에 있는 포장마차에 자리를 잡았다. 연수는 엄마를 닮아서인지 체질적으로 술이 맞지 않는 편이었다. 그러나, 그날 연수는 소주를 반 병 넘게 마신 듯했다.

'오늘은 친구가 필요해서….'

젊은 나이에 능력을 인정받아 승승장구하던 영석이었다. 인간관계도 좋고 가정생활도 화목하다는 얘기를 들었다. 그런 그가 쓸쓸한 눈빛으로 친구가 필요하다며 손을 내밀었고, 연수는 아무 망설임 없이 그의 손을 잡았다.

"연수 씨가 이 백화점에 처음 입사했던 삼 년 전에는 귀여운 꼬맹이로 보였는데, 언제부턴지 모르게 외롭고 힘든 일 있으면 연수 씨 생각이 나더라구요."

연수는 알 수 없는 혼란에 사로잡혔다. 그가 풀어놓은 말들이 그녀의 마음을 흔들어놓고 포장마차의 오렌지 빛 비닐 천장 위로 흘러 다녔다. 연수는 영석의 눈길을 마주하며, 그 눈빛이 참 자상하고 따뜻하다는 생각을 했다.

영석의 그 눈빛을 보며 연수는 아버지를 떠올렸다. 엄마뿐만 아니라 연수와 동생인 정수에게조차 한 번도 그처럼 따뜻한 눈길을 주지 않았던 아버지. 그런 아버지 옆에서 많은 시간을 헛헛하게 살아온 엄마를 생각하니 마음 한구석이 아려왔다.

'난 엄마처럼 살지 않을 거야! 난 남편한테 사랑받으면서 살고 싶어!'

연수는 세상 모든 여자들이 그러하듯, 결혼을 한다면 자상하고 따뜻한 눈길을 가진, 아내를 사랑하고 화목한 가정을 꾸릴 줄 아는 '영석과 같은 남자'와 하게 되길 바랐다. 그러나 이 순간부터 영석은 '결혼상대로서 이상적인 존재'가 아닌, 함께 있고 싶고 사랑받고 싶은 현실적인 존재가 되어갈 것 같은 예감이 연수를 서서히 흔들기 시작했다.

연수는 그와의 만남을 운명이라고 생각했다. 그것이 고통이라 할지라도 사랑할 수 있어 행복했고, 그 사랑만 있다면 무엇이든 견디고 참아낼 수 있었다. 그렇게 일 년의 시간이 흘러갔다.

연수는 자신을 지그시 바라보는 영석을 보며 결코 이 남자를 떠나보내지 못하리라는 씁쓸하고도 가슴 벅찬 예감에 사로잡혔다. 그 마음을 감추기라도 하듯 연수가 가만히 그의 어깨에 고개를 기댔다.

그때 비상구 문이 열리는 소리가 났다. 연수는 화들짝 놀라 고개를 들었고, 영석도 몸을 일으켰다. 둘의 사랑은 언제나 숨어서 할 수밖에 없는 사랑이라는 걸 몸이 먼저 알고 움직인 것이다.

'하필이면 인철 선배라니….'

연수는 더욱 당황하고 말았다. 대학 선배인 인철은 연수와 영석의 관계를 속속들이 알고 있는 유일한 사람이다. 그래서 더욱 무참해지는 기분이었다.

순간 마주친 인철의 눈빛이 흔들리는 걸 연수는 느낄 수 있었다. 인철은 굳은 듯 서 있는 연수에게서 고개를 돌리더니 문을 닫고 사라졌다.

영석과 연락이 끊겼던 삼 개월 동안, 인철은 괴로워 휘청거리는 연수의 푸념과 악다구니를 모두 받아주었다. 그만큼 연수가 편안히 기대어 쉴 수 있는 나무 같은 존재가 바로 인철이었다.

대학 시절 내내 인철은 연수의 보호자를 자임했다. 친구들도 둘 사이를 그만하게 이해하고 있었다. 그는 늘 그림자처럼 연수 곁을 지키며 살뜰하게 돌봐주었고, 연수 역시 그런 인철이 싫지 않았다. 그래서 집안에 고민이 있거나 마음이 심란할 때면 그와 상의했고, 졸업 후에도 그의 조언과 도움으로 같은 직장에 다니게 된 것이다.

연수에게 인철은 특별히 찾지 않아도, 그리워하지 않아도 늘 곁에 있는 그런 사람이었다. 연수는 인철에게 그 이상을 바라지도 않았다. 고마운 벗처럼, 편안한 오빠처럼 가까이 있어주면 족할 뿐이었다. 인철이 그 이상으로 대하려 하면 연수는 적당히 거리를 두기도 했다.

인철은 연수가 털어놓는 사랑의 푸념을 다 받아주긴 했지만, 연수와 영석이 잘되기를 바란 것은 결코 아니었다. 그것이 연수를 위한 마음이라는 걸 잘 알고 있었기에, 연수는 서늘하게 굳은 얼굴로 문을 닫고 사라진 인철이 마음에 걸렸다. 연수 자신조차 어쩌지 못하는 감정을 인철이 이해할 수 있을 리 만무했다.

연수는 영석을 잠시 기다리게 하고 작업장으로 돌아갔다. 인철이 화가 잔뜩 난 얼굴로 풀어놨던 자재들을 다시 포장하고 있었다.

"위에서 내린 결정이에요. 단가가 이 퍼센트나 낮게 들어왔어요."

연수는 변명이라도 하듯 자재 건에 대한 얘기를 꺼냈다.

"알아."

인철은 연수에게 눈길도 주지 않고 건조하게 대답했다.

"이 선배…."

연수는 더 설명해야 할 것 같았지만 차마 입이 떨어지지 않았다.

"가봐."

인철은 여전히 연수 쪽으로는 고개도 돌리지 않았다. 머뭇거리던 연수가 할 수 없이 돌아 나오려는데, 등 뒤에서 인철의 목소리가 들려왔다.

"다시 만나기로 한 거니? 한 번 깨진 쪽박을 다시 잇기로 한 거야?"

연수는 참담한 심정으로 그대로 서 있었다.

'나도 힘들어요. 그러니 이 선배가 좀 봐주세요.'

하고 싶은 말은 입 안에서만 맴을 돌았다.

"그렇게 당하고도 모르겠니?"

인철의 음성은 더욱 격앙되었다.

"내 일이에요."

연수는 벼랑 끝으로 내몰린 것처럼 어지러웠다. 불현듯 그런 상황이 견딜 수 없도록 싫었다. 인철의 그런 태도가 부당하다는 생각도 들었다.

"고작 한순간에 꺾일 걸 그렇게 울고불고, 그랬니?"

"식사하세요."

연수는 인철의 뼈아픈 힐난을 뒤로한 채 허겁지겁 자리를 피해 나왔다.

누구한테는 큰돈일 수도 있고, 또 누군가에게는 적은 돈일 수도 있는 천만 원. 엄마는 친구들 계모임에서 탄 천만 원을 백에 넣으며 세상을 다 얻은 것처럼 뿌듯해했다.

"일산 집은 다 지어가니?"

"가을에 들어갔어야 하는데 자재비가 모자라 여태 미뤘잖아. 이제 돈 생겼으니까 갖다 줘야지."

"그럼 미리 타지 그랬어?"

엄마도 그걸 모르는 건 아니다. 하지만 계라는 것이 그렇지 않은가. 제 순서보다 앞당겨 타면 이자를 물어야 한다. 알뜰살뜰 살림을 꾸려야 하는 요즘 형편으로는 한 푼이 아쉬웠다.

오랜만에 마주한 친구들 얼굴을 보니, 엄마는 자신이 너무 팍팍

하게 산다는 생각이 들어 맘이 짠해졌다. 돈뿐만이 아니다. 병든 시어머니 수발에 정신없이 살다 보니, 친구들한테 안부 전화 한 통 제대로 못 하고 지내왔던 것이다.

얼마 전, 친구가 자궁을 들어내는 수술을 했는데 병문안도 못 갔다. 다행히도 그 친구가 자궁암에 걸린 건 아니었다. 자궁암에 걸려 머리가 다 빠지고 뼈가 앙상해지도록 고생하는 동네 여자를 보고 겁이 덜컥 나서 아예 자궁을 들어냈다고는 하지만, 그래도 배를 가르는 수술을 했는데…. 아니 어쩌면, 엄마가 못 챙긴 것은 친구의 몸이 아니라, 병이 두려워 자궁까지 들어낸 친구의 약해진 마음이라는 생각이 들었다.

"많이 힘들었을 텐데, 미안하다. 내가 밥 살게, 나가자."

"아냐, 나 점심 약속 있어. 가봐야 해. 다음에 크게 쏴."

밥 한 끼로 자신의 무심함을 대신할 수는 없겠지만, 그래도 친구한테 따뜻한 밥 한 그릇 먹이면 좋으련만…. 엄마는 일산 집 집들이할 때, 친구들을 위한 성찬을 준비하겠노라며 평소답지 않게 큰소리를 쳤다.

백화점 입구에서 친구들과 헤어진 엄마는 연수 생각이 났다. 이참에 연수와 그 대학 선배도 불러 밥이라도 먹여야겠다 싶어 다시 백화점 로비로 들어갔다.

그 시각, 연수는 점심을 먹기 위해 영석과 함께 에스컬레이터를 타고 일층으로 내려가고 있었다. 그러는 동안에도 인철의 격앙된 음성이 연수의 귓전을 떠나지 않았다. 연수는 우울한 기분을 떨쳐 버릴 수 없었다.

"뭐 먹을래?"

한 계단 아래에 서 있던 영석이 주변을 의식하며 지나가는 사람처럼 물었다.

"국물 있는 게 낫겠어요."

"연수야… 웃어."

연수는 마치 포스터의 배경 인물처럼 희미하게 웃었다. 영석이 연수의 얼굴을 슬쩍 돌아보더니 만족한 듯 미소를 지었다.

"이제 너 같다."

백화점 로비는 점심시간이라 각 매장에서 쏟아져 나온 사람들로 꽤나 붐볐다.

"연수야!"

에스컬레이터가 로비에 닿을 즈음 귀에 익은 목소리가 연수를 불렀다. 주위를 둘러보니 엄마였다. 연수를 발견하고 좋아라 함박웃음을 지으며 손을 흔드는 엄마의 얼굴이 유난히 밝아 보였다.

"엄마…."

연수는 영석을 의식하면서 에스컬레이터에서 내렸다.

“내가 딱 맞춰 왔나 보네? 안 그래도 지금 막 전화해보려던 참인데….”

좋은 일이 있었는지 엄마는 한껏 들뜬 얼굴로 연수에게 다가왔다. 영석은 엄마를 지나쳐 현관 쪽으로 걸어갔다. 연수는 그의 뒷모습을 힐끗 보곤 엄마와 마주 섰다.

“어쩐 일이야, 엄마?”

연수는 당황한 기색을 감추며 물었다.

“오늘 여기서 계모임이 있었거든. 너랑 그 선배랑 밥이나 사줄까 싶어서, 친구들 보내고 왔는데….”

엄마는 대학 시절부터 보아온 인철에게 호감을 갖고 있었다. 둘이 연애라도 하게 되길 은근히 바라고 있다는 걸 연수는 알고 있었다.

“어떡하지? 엄마, 나 바쁜데…. 선배도 지금 바빠요.”

“… 일 있어?”

엄마의 얼굴이 금세 서운한 빛으로 바뀌었다. 현관 앞에서 기다리고 있는 영석의 모습이 연수 눈에 들어왔다. 연수는 엄마의 서운함을 모른 척하기로 했다.

“네.”

“그럼, 할 수 없지, 뭐.”

“미안해요.”

"그래, 가."

"집에서 봬요. 쇼핑하구 가세요."

연수는 엄마를 혼자 남겨두고 백화점을 빠져나왔다. 오랜만의 외출이었을 엄마에게 미안하기도 했지만, 오늘은 다시 돌아온 영석의 곁에 잠시라도 더 있고 싶은 마음이 컸다.

엄마는 약속도 없이 불쑥 나타나 바쁜 딸에게 괜스레 부담만 준 것 같아 미안한 마음이 들었다. 몸도 야리야리한 딸이 회사일 하느라 종종걸음 치는 모습이 안쓰러웠다.

'지도 오죽이나 바쁘면 그랬을까.'

그래도 바쁘다며 뒤도 안 돌아보고 가는 딸에게 살짝 서운한 마음이 들기도 하는 엄마였다.

병원 진료 시간까지는 한 시간 남짓 남아 있었다. 친구들도 연수도 점심 약속이 있다니, 혼자서 끼니를 해결해야 할 판이다. 시간도 때울 겸 백화점 지하 식품 매장으로 내려갔다.

찬거리로 젓갈을 몇 종류 사고 있을 때 허름한 차림의 여자가 시식 코너에서 젓갈을 집어먹는 모습이 보였다. 엄마는 그 모습에 괜히 가슴이 찡하게 저려왔다. 가난한 살림에 유난히도 먹성이 좋은 올케가 떠올랐던 것이다.

엄마의 유일한 걱정거리는 남동생 근덕이다. 천성은 고운 아이인데 툭하면 술이나 노름에 빠져 사느라 가장 노릇을 제대로 못 하고 있기 때문이다. 얼마 전부터 시작한 택시 운전도 나 몰라라 하는 모양이다.

그런 남자한테 시집와 이날까지 호강은커녕 남의 집 드난살이다 식당 종업원이다 안 해본 고생이 없는 올케가 엄마는 늘 고맙고 안쓰럽다. 그 올케가 요즘 달동네에 포장마차를 차려 억척스럽게 살림을 일궈가고 있는 모양인데 그나마 근덕의 등쌀에 배겨날지 걱정이었다.

엄마는 올케가 좋아하는 젓갈을 좀 사다 줄까 싶어 전화를 걸었다. 신호음이 한참을 울려도 올케는 전화를 받지 않았다. 이 시간이면 한창 장사 준비를 하느라 집에 있을 텐데 무슨 일일까, 엄마는 괜스레 불안한 마음이 들었다.

그때, 신호음이 끊기더니 수화기를 통해 올케의 비명소리가 들려왔다. 엄마는 가슴이 철렁 내려앉았다.

"근덕아! 올케? 올케?"

불안스레 올케를 불러보지만 대답은 들려오지 않았다.

'내 돈 내놔, 이 나쁜 놈아!'

수화기 저편에서 올케의 악에 받친 목소리가 흘러나왔다. 엄마는 무슨 영문인지 알 수가 없어 애가 탔다.

“올케, 올케!”

아무리 불러도 저쪽에선 응답이 없었다. 험악한 상황에 전화기만 혼자 나뒹굴고 있는 모양이다.

“뭔 일이니, 또.”

엄마는 저도 모르게 긴 한숨을 내뱉었다.

‘그래! 돈 못 따기만 해봐라! 고추장에 확 비벼버릴 테니까!’

곧이어 올케의 엉엉 우는 소리가 희미하게 들려왔다. 더 듣지 않아도 사태를 짐작할 수 있었다.

마당에 퍼질러 앉아 서럽게 울고 있을 올케의 얼굴과 돈을 들고 씩씩거리며 노름판으로 향하고 있을 동생의 철딱서니 없는 행동이 눈에 선했다. 그 생각을 하자 엄마는 또다시 가슴이 탁 막히고 온몸에 힘이 쫙 빠지고 말았다.

근덕이 어릴 때 친정어머니가 돌아가셔서 남매는 줄곧 아버지 손에 컸다. 성격이 완고하고 엄격했던 아버지 밑에서 자랄 때만 해도 근덕은 비뚤어진 아이가 아니었다. 그렇지만 어린 남매 둘이서 홀아비 손에 크다 보니 근덕은 늘 심리적으로 기가 죽어 있었다.

본성은 착한 아이였다. 매사에 끈기가 부족해 악착같이 생활에 매달리지 못하는 것도 다 그 착한 성격 탓이라고 엄마는 생각했다.

아버지 사업이 기울기 전까지만 해도 그나마 제 먹고살 궁리만 해주면 사람 구실은 할 수 있겠다 싶었는데, 그것마저 뜻대로 안 되는 게 사람의 일인 모양이었다. 엄마는 당장이라도 동생의 집으로 달려가고 싶었지만 병원 예약 시간이 얼마 남지 않아 그저 애만 태울 뿐이었다.

심란한 마음으로 백화점을 나온 엄마는 버스를 타고 아버지가 일하는 병원으로 갔다.

산부인과 진료는 남편의 절친한 후배이자 산부인과 과장인 윤 박사가 맡고 있다. 워낙 오래 알고 지낸 터라 엄마는 독신녀 윤 박사가 친자매처럼 편했다.

"여적 점심 전인가 보네?"

"일당백이 이 병원 슬로건 아니우. 난 그래두 낫지. 외과는 더할 걸? 정 선배 힘들다구 안 해요?"

"그 양반이 언제 말하나 뭐."

"어려선 의사질 하면 팔자 펴는 줄 알았는데, 그것도 돈 있고 능력 있는 놈 얘기고…. 보너스 없지, 퇴직금 없지. 월급쟁이보다 나을 게 없다니까. 어머닌?"

"간병인 불렀지. 전화하니까 주무신다네. 한 번 잠들면 낮잠도 밤잠처럼 여덟 시간씩은 주무시니까."

애를 둘이나 낳았지만 산부인과는 언제나 불편하다. 친자매 같은 윤 박사라 하더라도 다른 사람 앞에서 다리를 벌리고 진찰을 받는 건 언제나 민망한 일이다.

"언니, 검진 언제 받았지?"

"한 삼사 년 됐나? 내가 워낙 건강하잖아. 올 일이 없었지."

"오줌소태는 언제부터 그랬어요?"

"꽤 됐지, 아마?"

엄마는 대수롭지 않게 대답했다.

"소변 볼 때 오른쪽 아랫배가 눌리는 기분 없어요?"

"조금."

처음엔 대수롭지 않게 이런저런 증세를 물어오던 윤 박사의 표정이 심각해지기 시작한 건 초음파 검사를 하고 나서였다. 차트에 뭔가를 적어가며 연신 초음파 화면을 들여다보는 윤 박사의 얼굴이 점점 어두워지고 있었다. 하지만 엄마는 전혀 눈치 채지 못하고 있었다.

"내가 다른 과에 연락해놓을게 다 들렀다 가세요. 받아볼 검사가 몇 가지 더 있으니까."

윤 박사가 검진을 끝내고 엄마에게 일렀다.

"왜? 뭐가 이상해?"

엄마는 간단히 내진만 받고 며칠 먹을 약이나 지어 가리라 했던 터였다.

“떡 본 김에 제사 지내고, 환자 본 김에 돈 뜯을라구요.”

윤 박사가 어색하게 웃으며 농을 던졌다.

이런저런 검사를 모두 마치니 아버지의 퇴근 시간이 가까워 있었다. 엄마는 병원 로비에서 아버지가 퇴근하길 기다렸다가 만원 전철을 타고 함께 집으로 향했다.

복잡한 역을 빠져나와 동네 어귀로 접어들면서 엄마는 괜스레 기분이 좋았다. 이렇게 아버지와 단둘이 귀가하는 게 퍽이나 오랜만이었던 것이다.

자식을 둘이나 낳고 살면서도 평생 남편과의 오붓한 시간은 꿈도 못 꿔보고 살았다. 워낙 무뚝뚝한 성격의 아버지이기에 엄마는 오늘 같은 날 저녁 한 끼 사달라는 말이 차마 입 밖으로 나오지 않았다.

속으론 모처럼 밖에서 만났으니 아버지가 자장면이라도 한 그릇 먹자고 해주길 바랐다. 하지만 서운함도 잠시, 엄마는 아버지와 나란히 집으로 향하는 이 오붓한 기분만으로도 족했다.

“당신 운전 배우지. 아침엔 연수가 바래다준다고 해도, 밤엔 차 타기가 그럴 텐데….”

만원 전철에서 손잡이에 기대 피곤한 듯 눈을 감고 서 있던 아버지의 모습이 엄마는 안쓰러워 보였던 것이다.

“요즘 교통이 어떤데 나까지 한몫 보태? 신경 쓸 거 없어.”

엄마는 짐짓 아버지의 눈치를 살피다가 정작 하고 싶었던 말을 꺼냈다.

“당신, 병원 내후년에 그만두면 안 돼?”

“왜?”

“정수 대학이나 보내고 그만두면 여러모로 나을 것 같은데…. 집 짓는다고 돈을 너무 써서.”

성격이 외곬수인데다 대인관계도 그리 원만하지 못한 아버지. 그런 성격으로 젊은 원장 밑에서 월급쟁이 의사 노릇 하기 쉽지 않으리라는 건 짐작하고도 남았다. 하지만 엄마는 아버지가 일 년만 더 참아주었으면 하고 바랐다. 그게 요즘 생활 형편이기도 했다. 엄마가 어렵게 꺼낸 말에 아버지는 아무 대답이 없었다.

“요즘도 젊은 원장이 따따부따 그래요?”

엄마는 또 조심스레 아버지 눈치를 살핀다.

“정수 자식은 요즘 어딜 그렇게 싸돌아다녀?”

아버지는 심기가 불편할 때면 으레 말을 돌리곤 한다. 그런 아버지의 속내를 누구보다 잘 알고 있는 엄마이기에 병원 얘기는 이쯤에서 접기로 한다.

“나도 모르지.”

정수는 요즘 부쩍 술 마시고 늦게 오는 일이 잦다. 아버지의 바람대로 의대에 진학하기 위해 삼수까지 한 아들이다. 아버지는 그런 정수를 못 미더워하는 눈치였지만, 엄마는 어린 아들이 오죽 불안하고 부담이 크면 그런가 싶어 안쓰럽게 보아주고 있는 터다.

"어디 보자, 연시가 나왔나?"

엄마 역시 괜히 말을 돌리며 과일가게 쪽으로 발길을 돌렸다. 하루 종일 엄마를 기다리고 있을 할머니에게 연시라도 사드리자는 마음에서였다.

아버지는 정수 얘기만 나오면 감싸려고 말을 돌리는 엄마를 마땅찮게 바라보았다.

저녁을 먹고 세수를 하던 아버지는 윤 박사의 호출을 받고 다시 병원으로 향했다. 급한 환자려니 하고 택시에서 내려 걸음을 옮기는데, 뜻밖에도 병원 앞에서 윤 박사가 기다리고 있었다.

"왔어요?"

차분한 윤 박사의 태도로 보아 급한 환자 때문에 부른 건 아닌 듯했다. 윤 박사는 아무 말 없이 주차장 사이에 있는 작은 공원으로 아버지를 이끌었다. 자판기에서 뽑아 온 커피를 마시고 한참이 지난 뒤에도 윤 박사는 말문을 열지 않았다.

"무슨 얘긴데 이렇게 뜸을 들여? 다 늙은 처녀가 이제 와 바람날 일도 없구, 사고도 아니구…."

"언니, 검사 결과가 나왔어요."

"근데?"

아버지는 대수롭지 않게 윤 박사의 말을 주워 넘겼다. 전화로 말해도 될 일을 가지고 왜 병원까지 불러냈는지 의아한 표정이다.

"악성 종양이에요."

"?!!"

아버지는 망치로 뒤통수를 한 대 얻어맞은 것처럼 멍한 얼굴로 윤 박사를 쳐다보았다. 윤 박사는 그런 아버지를 애써 외면한 채 책을 읽듯이 담담한 어조로 말을 이어갔다.

"오줌소태가 있다고 했는데, 종양 때문이었어요. 종양이 자궁 위에서 커져 방광을 누르고 있는 것 같아요. 초진에서도 이미 잡힐 정도로 컸어요. 팹 스미어(Pap Smear : 자궁경부세포 조직검사), 초음파에서도 조직이 보였구요."

"무슨 소리야, 지금?"

아버지의 목소리가 떨리고 있었다.

"다른 장기에서도 조직이 보였어요."

윤 박사는 최대한 감정을 죽이고 의사로서의 냉정함을 잃지 않으려 애쓰고 있었다.

"… 사진 어딨니?"

자리에서 벌떡 일어나 윤 박사를 노려보는 아버지의 얼굴이 경련을 일으키기 시작했다. 아버지는 아무것도 믿고 싶지 않았다. 그런데도 윤 박사의 눈빛에선 다른 어떤 가능성의 기미조차 찾을 수 없었다. 아버지는 그게 못 견디도록 답답하고, 노엽기까지 했다.

"니 방에 있니?"

윤 박사는 아무 말 없이 침울한 표정으로 그를 바라보기만 했다.

"키, 내놔!"

아버지의 내민 손이 부들부들 떨린다.

"니 방 키 내놔!"

아버지는 두 눈으로 직접 확인하지 않고선 믿을 수 없었다.

윤 박사의 진료실로 가는 내내 아버지는 윤 박사가 잘못 판단한 것이길 바랐다.

'그럴 수 있지. 모든 의사는 한 번쯤 큰 실수를 할 수 있어. 의사도 사람인데…. 빌어먹을!'

아버지는 주술이라도 외듯 상황이 바뀌길 간절히 원하는 자신과 달리, 불길하게 날뛰는 심장 박동에 화가 치밀어 올랐다.

진료실 뷰 박스에는 아내의 몸속 깊숙한 곳을 찍은 사진들이 빼곡히 걸려 있었다. 그걸 보는 순간 아버지의 가슴이 철렁 내려앉았다. 이미 꽃처럼 활짝 피어 아내의 자궁 가득 번진 암세포들. 아버지는 그 혐오스런 암세포들을 하나하나 꼼꼼히 들여다보고 또 들여다보았다. 매일 얼굴 맞대고 사는 아내의 몸속에 저렇듯 불길한 징조가 번지고 있었다니….

"저기, 저 위쪽에서 시작됐어요. 그래서 자각 증상이 더 늦었던 것 같아요."

"하!"

순간 눈가가 붉어진 아버지는 기도 안 찬다는 표정으로 뷰 박스를 외면했다. 그 혐오스런 것들을 더 이상 보고 있을 수 없었다. 거푸 거친 숨을 몰아쉬며 멍하니 서 있던 아버지는 그대로 의자에 주저앉고 말았다. 마치 예리한 쇳조각이 가슴을 후벼 파듯 쓰디쓴 고통이 치밀어 올랐다.

비척비척 병원을 나선 아버지는 술집으로 향했다. 걱정이 되어 따라온 윤 박사에게는 눈길도 주지 않고, 거푸 술잔을 비우기만 했다. 몸을 가눌 수 없을 정도로 술을 퍼마셨지만, 오히려 의식은 점점 선명해지고 있었다.

"지금 이럴 때가 아니에요."

양주 한 병을 다 비워낸 아버지가 또 술을 청하자 보다 못한 윤 박사가 입을 열었다.

"그럼? 그럼, 어떡할 때냐?"

엄마에 대한 자책감과 자신을 향한 분노로 아버지의 눈은 붉게 젖어 있었다. 윤 박사는 곤혹스러운 표정을 지으며 한숨만 내쉬었다.

"어떡할 때냐구? 니가 말해봐, 어떡할 땐지."

아버지는 무기력한 자신에게 화가 나서 되물었다.

"언니한테 가세요."

"가서?"

아버지는 끝내 젖어드는 눈시울을 어쩌지 못하고 버럭 소리를 질렀다.

"가서… 가서 어떡해? 그 암 덩어리 여편네 부여잡고 같이 울까? 울어?"

"…."

"아프다고 했어. 근데 내가 동네 약국 가서 약이나 사 먹으라 그랬어. 명색이 의사라는 놈이, 마누라한테 그랬다구. 근데 이제 와서, 이제 와서 너 암이다, 그렇게 말해?"

눈물이… 아버지의 뺨을 타고 주르르 흘러내렸다. 입술을 깨물고 잠시 머뭇하던 아버지가 다시 말을 이었다.

"내가 어떤 놈인 줄 알아? 의료사고로 사람 죽여서 내 병원 말아먹은 놈이야, 내가. 이 나이에 남의 병원에서 초라한 월급쟁이 의사질 하는 게 부끄러워 여편네 아프다는데 병원에도 오지 말라고 한 놈이야, 내가. 그런 개새끼가… 가서 무슨 말을 해."

윤 박사는 그런 아버지를 그저 아프게 바라볼 뿐이었다. 아버지는 격해지는 감정을 어쩌지 못하고 벌떡 일어나 울부짖었다.

"가서, 죽는다, 너 잘 죽어라, 그래?"

"정 선배!"

"난 못해…. 난 못하겠다."

아버지는 술자리를 뛰쳐나와 텅 빈 거리를 걷기 시작했다. 자꾸 다리가 꺾였다. 술기운 때문만이 아니었다. 아무것도 해준 것이 없는, 또 아무것도 해줄 수 없는 자기 자신에 대한 자학은 곧 두려움으로, 허탈감으로, 다시 분노로 바뀌어 아버지 자신을 끝도 없는 절망으로 몰아가고 있었다.

휘청거리며 걸음을 옮기던 아버지가 가로수에 기대는가 싶더니 곧 무너지듯 주저앉고 말았다. 멍하니 하늘을 바라보는 아버지의 얼굴은 쏟아지는 눈물과 콧물로 흠뻑 젖어 있었다.

길을 잃어버려 어디로 가야 할지 모르는 아이처럼 처연한 표정으로, 아버지는 그렇게 한참을 가로수에 기대 울었다.

“미안해. 그동안 정말 괴로웠다.”

차를 몰고 집으로 가는 연수의 마음은 행복으로 붕 떠 있다. 스피커폰에서 흘러나오는 영석의 부드러운 목소리가 연수의 얼굴에 또다시 환한 미소를 피워냈다.

“이제 그만해요. 벌써 이해하고 있어요. 거기 기죽어 자꾸 변명하는 거 듣기 싫어요. 그 말 말고, 하고 싶은 말 없어요?”

“사랑해…. 보고 싶어.”

헤어진 지 한 시간도 못 되어 보고 싶다는 영석의 말에 연수는 벅찬 행복감에 빠져들었다. 그와의 사랑은 수시로 지옥을 넘나드는 듯한 고통을 주기도 하지만, 지금 이 순간에 느끼는 가슴 벅찬 설렘과 충만감은 그 모든 것을 보상하고도 남음이 있었다. 그것이 연수가 영석을 떠나지 못하는 이유였다.

길은 어느덧 터널 입구로 향하고 있었다. 연수는 저도 모르게 조바심이 일었다.

“이제 터널로 들어가야 해요. 통화 끊길 거예요. 부인… 호주 갔댔죠? 집에 가서 전화할게요.”

“알았어. 전화 꼭 할 거지?”

연수가 채 대답하기도 전에 자동차는 터널 안으로 진입했다. 연수는 천천히 휴대폰을 끄고는 벅찬 감정으로 긴 숨을 내쉬었다. 그의 부인이 쌍둥이를 데리고 호주 친정에 가 있는 동안 영석은 온전히 연수의 사랑이 될 것이다.

“그것으로 만족해. 더 이상 바라지 마, 연수야.”

연수는 스스로에게 다짐하듯 중얼거렸다.

그와의 사랑은 욕심을 낼 수 없는 사랑이라는 걸, 욕심을 내는 순간 떠나보내야 하는 사랑이라는 걸 알기에, 비록 불완전한 사랑일지라도 이 사랑에 만족하리라 마음먹는다.

집 근처 골목 어귀로 차를 몰아 들어서던 연수의 눈에 입을 맞추고 있는 젊은 연인이 들어왔다. 방해하고 싶지 않아 고개를 돌리려던 순간, 연수는 그 남자가 동생 정수라는 걸 알아보고는 반가운 마음에 경적을 울리고 말았다. 그 소리에 화들짝 놀란 정수의 여자친구가 민망해하며 고개를 숙였다.

'모른 척할 걸 그랬나? 미안하네.'

연수는 웃음이 나오려는 걸 겨우 참으며 차에서 내렸다.

술을 얼마나 마신 건지 정수는 몸을 가누지 못하고 비틀거리며 골목 담벼락에 기댄 채 땅바닥만 쳐다보고 있었다. 연수는 나무라듯 말을 건넸다.

"너 지금 뭐 하는 거야? 잔뜩 취해가지고…."

그제야 연수를 알아본 정수는 골이 잔뜩 난 얼굴로 중얼거린다.

"별걸 다 참견하고 난리야."

연수는 어쩔 줄 모르고 서 있는 정수 여자친구를 웃음 띤 얼굴로 바라보았다.

"정수 친구인 모양이구나. 초면에 실례가 많다."

"아… 아니에요."

정수의 여자친구는 첫눈에도 착하고 순해 보이는 인상이었다. 연수는 동생이 어느새 이렇게 컸나 싶으면서도 참 귀엽고 예쁜 사랑이겠구나 하는 생각이 들어 선선한 웃음이 새어 나왔다.

"어쨌든 늦었으니 정수 대신 내가 집까지 바래다줄게."

정수는 자기가 데려다줄 거라며 바득바득 우겼지만, 연수는 술에 취한 정수까지 차에 태우고는 다시 골목을 돌아 나갔다.

2

"수술 못 해."

"왜?"

"이미 늦었어."

"그게 의사가 할 소리야, 인마! 수술해.
진행이 예상보다 덜할 수도 있어. 아직은 그 여자두 안 아프대."

"아퍼. 참는 것뿐이야. 분명 아퍼."

"연시 먹읍시다."

엄마는 연시 바구니를 들고 들어와 노래 부르듯 가락을 넣으며 할머니 앞에 앉았다. 할머니는 기분이 좋아 엄마가 턱받이를 매기 좋도록 고개를 들고는 얌전히 기다렸다. 그 모습이 꼭 젖먹이 어린 애처럼 순하기만 하다.

"울 어머니 착하기도 하시지. 연시 까줄게."

엄마가 방긋 웃으며 연시 껍질을 까 할머니 입에 넣어주자 할머니도 웃으며 달게 받아먹었다. 엄마 눈에는 그런 할머니가 아이처럼 사랑스럽기만 하다.

"아이고, 이뻐라."

엄마는 연시를 할머니 손에 쥐여주고 뒤늦은 청소를 시작했다.

종일 집을 비워놓았던 터라 식구들이 돌아오기 전에 걸레질이라도 해두려는 것이다.

그런데 갑자기 엄마의 등에 연시 하나가 날아와 터졌다.

"이 우라질 년, 시에미한테 개똥을 줘? 너 먹어라 이년, 너 먹어! 이 나쁜 년."

"뭐야, 이게. 못 살어, 내가."

등을 타고 흘러내린 연시를 보고 엄마는 울상을 지었다.

"이 개가 물어갈 년아! 내가 아무것도 모른다고…."

"아이고, 증말. 뭐가 어쨌다구 저런대?"

조금 전 연시를 까드리며 놀아줄 때까지만 해도 응석받이 어린 애처럼 히죽히죽 웃으며 잘도 받아먹던 할머니가 잠깐 사이 또 변덕을 부리고 있는 것이다.

"이게 다 뭐래. 아이고, 아까워라."

"냄새나는 개똥을…. 에라, 이 못된 년!"

분해 못 견디겠다는 듯 눈가에 그렁그렁 눈물까지 맺힌 할머니가 또다시 바구니에서 연시를 꺼내 엄마를 향해 냅다 던졌다. 연시가 엄마의 이마를 맞히고는 앞섶으로 뚝뚝 떨어져 내렸다.

"증말 왜 이런대? 이거 아까워서 어째."

엄마는 이마를 쓱 훔치고는 바닥에 떨어진 연시를 주워 먹기 시작했다.

"드런 년, 그게 맛있냐?"

할머니가 혀를 끌끌 찼다.

"그럼, 맛나지!"

엄마도 짐짓 화난 듯 버럭 소리를 질렀다. 엄마는 할머니가 변덕을 부리고 욕을 하는 것보다 비싸게 주고 사 온 연시를 버리게 된 것이 더 속상했다.

"에라, 이 미친년아, 개똥을 먹어? 에라, 이 미친년!"

할머니는 욕을 퍼부으며 연시 바구니를 들고 거실로 나갔다. 바구니에서 연시를 꺼내려는 할머니를 말리느라 엄마도 종종걸음으로 뒤를 따라갔다.

"남들 다 자는구만! 그만해요!"

엄마의 흰 블라우스에 온통 붉고 지저분한 연시 속살이 달라붙어 흐르고 있었다.

"이거 줘요. 무슨 노친네가 이리 힘이 좋아!"

엄마는 얼른 쫓아가 연시 바구니를 뺏으려 했지만 화가 난 할머니의 힘을 당하지는 못했다.

"개똥이다, 개똥!"

할머니는 연시 바구니를 들고 엄마를 피해 이리 뛰고 저리 뛰면서 야구공 던지듯 엄마를 향해 연시를 던졌다. 이제 엄마는 옷뿐 아니라 머리와 얼굴까지도 연시 범벅이었다.

"이리 내요, 이리! 아이고, 집 다 망가지네."

엄마는 한 손에 걸레를 든 채 바구니를 뺏으려 할머니를 쫓아 뛰어다녔다. 엄마가 그럴수록 할머니는 재미가 나는지 마루를 펄쩍펄쩍 뛰어다니며 좋아라 연시를 집어 던졌다.

"개똥이다. 개똥!"

할머니가 또 연시를 던졌다.

그때 현관문이 열리더니, 마침 술에 취해 비틀거리며 들어서던 아버지의 윗옷에 연시가 정통으로 날아가 터지고 말았다. 연시는 시뻘건 속살을 흘리며 아버지의 가슴팍에서 뚝뚝 떨어져 내렸다. 그것을 손바닥으로 거칠게 쓸어내는 아버지의 눈에 순간적으로 핏발이 서렸다.

"왜 이 여잘 못 잡아먹어 평생을 그래요, 평생을! 이 노친네야, 말해봐! 도대체 뭐가 못마땅해 그러냐구, 응? 뭐가 못마땅해?"

아버지는 다짜고짜 할머니가 들고 있던 연시 바구니를 낚아채 바닥에 내팽개치며 고래고래 소리를 질렀다. 그런 아버지의 모습에 겁을 집어먹은 할머니가 주춤주춤 뒤로 물러섰다. 더 놀란 사람은 엄마였다.

엄마는 겁에 질린 할머니의 앞을 가로막고 서서 두 눈을 휘둥그레 떴다.

"왜 그래요?"

아버지는 엄마가 그러거나 말거나 할머니를 계속 몰아붙였다.

"말해봐요. 이 여자가 어머니한테 뭘 그렇게 잘못했는지, 말해보라구요!"

아버지가 전에 없이 눈을 부릅뜨며 고함을 치자 할머니는 정신이 더욱 혼미해지는 듯 온몸을 사시나무 떨듯 떨었다.

"아저씨, 내가 잘못했어."

할머니가 싹싹 비는 시늉을 했다. 엄마는 그런 할머니를 부축해 방으로 데려가며 원망스런 눈길로 아버지를 흘겨보았다.

"정신도 없는 노친네한테 이게 무슨 행패래? 술 먹었음 곱게 잠이나 자요."

엄마는 겁에 질려 벌벌 떠는 할머니를 방에 눕혔다.

"아저씨, 잘못했어…. 안 그럴게."

할머니는 아직도 겁이 가시지 않은 눈빛으로 자꾸만 문밖을 힐끔거렸다. 여간 놀란 게 아닌 모양이었다.

'술이 취해도 그렇지. 신경이 예민해서 병까지 얻으신 양반을 그렇게 닦달할 게 뭐람.'

엄마는 할머니를 애처롭게 바라보며 가만가만 이불을 토닥여주었다.

그때 거실에서 또 한바탕 시끄러운 소리가 들려왔다.

"느이들은 뭐 한다구 맨날 오밤중이야, 이 자식들아!"

연수와 정수가 들어온 모양이다.

'오늘 저 사람이 왜 저런대? 병원에서 뭔 일이 있었나?'

엄마는 조용하던 집 안에 갑자기 이런저런 소동이 벌어지자 정신이 하나도 없었다.

"이 자식이? 애비가 말하는데 등을 돌려?"

"놔요!"

심상찮은 분위기에 엄마가 허둥지둥 할머니 방에서 나왔다. 정수가 아버지의 손을 거칠게 뿌리치는가 싶더니 곧바로 아버지의 손이 정수의 뺨을 후려쳤다.

"여보!"

"아버지!"

놀란 엄마와 연수가 동시에 달려들어 아버지를 말렸다. 연수는 아버지의 강압적인 태도가 못마땅한 얼굴이다.

정수는 정수대로 분해서, 아버지는 아버지대로 화가 안 풀려 몸을 부르르 떨며 맞서듯 서로를 노려보고 서 있다. 오늘따라 유난스레 거친 아버지의 태도에 엄마는 울상이 되었다.

"미쳤어? 실성했냐구! 왜 이래, 오늘따라…."

엄마의 말엔 대꾸도 없이 아들을 노려보던 아버지가 큰 소리로 쏘아붙인다.

"너 벌써 대학 들어갔어? 이제 시험 끝난 새끼가 진종일 쏘다니

기나 하구, 그것도 모자라 술까지 처먹어?"

"놔둬요. 공부하느라 개두 그동안 고생했구먼. 당신이나 들어가요, 빨리."

속상해 뜯어말리는 엄마의 손길을 거칠게 뿌리치고, 아버지가 절규하듯 엄마를 몰아붙였다.

"놔! 누굴 가르치려고 들어? 지 몸 하나 간수 못하고, 언제 죽을지도 모르는 게 누굴 가르치려고 들어, 엉? 이 등신아!"

순간, 아버지는 '아차!' 싶어 정신이 번쩍 들었다. 아무리 취중이어도 해서는 안 될 말이었다. 하지만 이미 내뱉은 말은 주워 담을 수 없게 허공으로 날아간 뒤였다.

영문을 모르는 엄마는 기가 차고 황당한 얼굴로 아버지를 바라볼 뿐이었다.

출근 준비로 분주해야 할 집 안이 간밤의 소란으로 무겁게 가라앉아 있었다.

아버지는 출근 준비를 마치고는 침울한 표정으로 할머니 방으로 들어섰다. 할머니는 이불을 반만 덮고 쪼그린 채 아기처럼 곤하게 자고 있었다. 정신도 온전치 않으신 분이 얼마나 놀라셨을까.

불안하게 잠든 할머니의 모습을 들여다보던 아버지는 죄송한 마음에 코끝이 아려왔다. 아무리 술에 취해 한 행동이라지만, 팔순 노모를 윽박지르고 큰소리까지 낸 것이 송구스러워 아버지는 밤새 잠을 이루지 못했다.

"어머니, 저 철이에요. 많이 놀라셨죠?"

아버지가 이불을 덮어주려고 손을 갖다 대자 할머니는 잠결에도 흠칫 놀라 몸을 바짝 웅크렸다. 젊어서 남편 잃고 세상의 모진 풍상을 혼자 맞아가며 외아들 키워내느라 몸 고생 마음고생이 많았던 어머니다. 처지가 그렇다 보니 남들 눈엔 지독하고 괴팍한 성격으로 비쳤을지 모르나, 그래도 하나뿐인 아들한테만은 온갖 정성을 다 바친 어머니였다. 그런 어머니에게 언제 한번 살갑게 대한 적이 있었던가.

따지고 보면, 어머니는 고달프고 적막하기만 했던 당신의 인생을 아들과 며느리를 통해 보상받고 싶었을 것이다. 그런 어머니의 비뚤어진 삶의 모습은 아들인 자신의 자화상과도 크게 다르지 않다고, 아버지는 새삼 느끼고 있었다.

어릴 적부터 뼛속 깊은 열등감으로 작용했던 아비의 부재. 그것은 곧 어머니를 향한, 세상을 향한 고약한 부담감으로 그를 억눌러왔던 게 사실이다. 스스로 아비 없는 설움을 극복하기 위해 누구보다 잘난 놈이 되고 싶었고, 하루빨리 자신이 처한 비루한 환경에서 벗어나고자 발버둥 치며 살아왔던 지난날.

아버지는 쫓기듯 앞만 보고 달려온 자신의 인생을 모두 부정해버리고 싶었다. 지나온 세월은 모두 헛된 망상 같은데, 쏜살같이 흘러간 세월 끝에 맞은 자신의 현실이 암에 걸린 아내와 치매 환자가 되어 누워 있는 어머니라는 것을 믿고 싶지 않았다. 더군다나 그들이 마치 잘못 살아온 인생의 결과물인 양, 속수무책으로 바라보기만 하고 있는 자신에게 아버지는 더없이 화가 났다.

엄마는 지난밤 아버지한테 뺨을 맞고 자기 방으로 올라가 방문을 걸어 잠근 정수가 걱정되어 이층으로 올라갔다. 아직까지도 이불 속에서 속상해하고 있으면 어쩌나 했는데, 다행히 정수는 욕실에서 세수를 하고 있었다.

"정수야, 많이 아팠지?"

"…."

"엄마한테까지 이럴 거야? 치사하게. 차라리 화를 내라, 야."

욕실 문지방에 앉아 자꾸 말을 시켜보지만 정수는 꼭 다문 입을 좀처럼 열지 않는다. 아버지한테 따귀를 맞은 것 때문에 단단히 마음이 틀어진 모양이다.

세수를 마친 정수가 엄마에게 수건을 받아 들며 마지못해 한마디 한다.

"됐어요."

그제야 엄마가 문지방에서 일어나며 활짝 웃는다.

"정말? 아버지가 속상한 게 있나 보다, 그렇게 생각해. 아팠어?"

엄마는 행여 정수가 제 아버지를 원망이라도 하면 어쩌나 조바심을 내면서도 겉으론 친구 달래듯 장난스럽게 굴었다.

"비켜요, 나가게."

말은 됐다고 했지만 제 엄마를 퉁명스럽게 밀치며 욕실을 나가는 정수 얼굴에선 여전히 찬바람이 일었다. 엄마는 그런 아들을 심란하게 바라보다 식탁을 차리기 위해 아래층으로 내려왔다.

그때 아버지가 할머니의 방문을 닫고 거실로 나왔다.

"그럴 걸 뭣하러 소란을 피워요? 노친네, 간밤에 어찌나 놀랐는지 아침잠 없는 양반이 내처 눈을 못 뜨네. 왜 나이 들면서 안 하던 짓을 해? 술을 안 먹나, 애들을 안 패나, 정신없는 노친네한테 미친 사람처럼 성을 안 내나…. 오늘은 연수도 먼저 갔으니 택시 타고 가요."

아버지는 엄마의 핀잔을 듣는 둥 마는 둥 거실을 가로질러 현관으로 가면서 딴소리를 했다.

"오늘 오후에 장 박사 병원으로 좀 와."

"뭐하러요?"

아버지는 신발을 신으며 지나가는 말처럼 무심하게 답했다.

"검사 한두 가지 더 할 게 있어."

"어제 다 했잖아. 종합병원까지 가서 할 검사가 뭐 있어? 기껏 오줌소태 가지구. 대충 약이나 주면 되지. 암튼 의사들이란 그저 환자만 보면 난리지."

"당신이 뭘 그렇게 잘 알아?"

아버지가 버럭 화를 내며 인상을 찌푸렸다. 그 서슬에 엄마의 말

투가 누그러졌다.

"아니… 성질만 낼 게 아니라…. 오늘 나 일산 간다니까? 돈을 갖다 줘야 일을 하고, 그래야 춥기 전에 이사 들어가지. 이누무 집 웃풍이 세서, 노인네 겨울만 되면 쿨룩이누만."

엄마는 다음 말을 잇기 전에 아버지 눈치부터 살핀다.

"… 근덕이네도 한번 가볼라고 하는데."

자기 몸이 어떤 줄도 모르고 오지랖 넓게 할 일도 많은 엄마가 답답했던지, 아버지는 나가려다 말고 또 한 번 버럭 성을 낸다.

"잔말 말고 와!"

"안 가도 될걸…."

"당신이 의사야?"

아버지는 소리를 팩 지르고는 잔뜩 화가 난 얼굴로 마당으로 나가버렸다.

"알았어요. 가요. 괜시리 성을 내네."

엄마는 어제부터 식구들에게 까닭 없이 심통을 부리는 아버지가 영 야속하다. 대문이 쾅 소리를 내며 닫히고 아버지가 모습을 감추자 엄마는 분풀이라도 하듯 그 뒤에 대고 눈을 흘겼다.

"늙어서 꽥꽥대면 무섭기나 하간? 잘 가라, 이 영감태기야!"

혼잣말이라도 그렇게 중얼거리고 나니 여간 통쾌한 게 아니었다. 술 마시고 들어와 집안을 쑥대밭으로 만들어놓은 남편 때문에 속이 잔뜩 상한데다, 간밤엔 속 답답한 잡념으로 좀처럼 잠을 이루지 못했다.

어제 낮, 전화기에서 흘러나오던 올케의 비명소리가 여간 마음에 걸리는 게 아니었다. 피붙이라고 하나 있는 게 툭하면 속을 썩이는 통에, 엄마는 근덕이 생각만 하면 자다가도 억장이 다 무너지는 것 같았다.

얼마 전에 찾아와 어떻게 해서든 맘 잡고 살아보겠다고 해서 그런가 보다 했더니, 제 버릇 남 못 준다고 기어이 일을 저지른 눈치였다. 중고차라도 한 대 살 수 있게 도와달라고 해서 겨우겨우 돈 오백만 원을 쥐어줬는데, 열흘도 못 가 바닥이 난 모양이었다.

밑 빠진 독에 물 붓기도 하루 이틀이지, 그동안 툭하면 손을 벌리는 통에 갖다준 돈만도 얼만지 헤아릴 수가 없다. 생활비를 아끼고 아껴서 목돈이라도 만들어주면 며칠 못 가 노름과 술값으로 날려버려 이제는 제 자형한테도 눈 밖에 난 처지다.

남편이 개인병원을 차려 잘나가던 시절엔 그런 돈도 표가 안 났지만, 월급쟁이 의사가 된 뒤로는 푼돈 쪼개서 주는 것도 벅찬 형편이 돼버렸다.

오늘은 일산 집 짓는 데도 가봐야 하고, 나선 김에 동생네 집부터 들여다볼 생각 때문에 마음이 급한데, 병원에선 웬 검사를 그렇게 받으라는 건지…. 어제 오후 내내 남편 병원에서 검사받느라 지친 생각을 하면 엄마는 벌써부터 기운이 빠진다. 빨리 약이라도 주면 좋으련만 오줌소태는 갈수록 심해져 어제 오늘 소변 한 번 제대로 보질 못했다.

"어째 요즘은 심란한 일투성이래…."

엄마는 저도 모르게 한숨이 새어 나왔다.

엄마는 찬거리를 잔뜩 싸 들고 봉천동 언덕배기를 끙끙거리며 오르고 있었다. 십일월 날씨에도 이마에 굵은 땀방울이 맺혔다. 가쁜 숨을 몰아쉬며 잠시 다리쉼을 하던 엄마가 가파른 언덕길을 내려다보았다. 하루에도 몇 번씩 포장마차를 끌고 이 언덕을 오르내릴 올케 생각에 가슴이 먹먹해졌다.

슬레이트 지붕의 낡은 가옥, 엄마는 작은 철대문을 열고 마당으로 들어섰다. 어제의 난동을 말해주듯 수돗가가 정신없이 어질러져 있었다. 깨진 연탄재며 찌그러진 양은그릇, 못 쓰게 된 야채와 안줏거리들이 서로 뭉치고 섞여 엉망이었다.

엄마는 또다시 가슴이 철렁해져 조심스레 올케를 불렀다.

"올케."

"누구세요?"

머리에 비누 거품을 잔뜩 묻힌 근덕댁이 부엌에서 뛰어나왔다.

"어머, 형님! 어쩐 일이세요?"

근덕댁은 얼른 머리를 헹구고 나오더니 난장판이 돼버린 수돗가를 치운다, 방을 정리한다 하며 한동안 수선을 피웠다. 엄마는 그동안 마루 끝에 앉아 심란스레 집 안을 둘러보았다.

"어젠 장사두 못 나갔겠네."

"괜찮아요. 오늘은 나갈 거예요. 얼마 안 들고 나갔으니까, 그이도 곧 들어올 거예요. 그놈의 도박…. 형님한테 이런 꼴 안 보이려고 했는데… 죄송해요."

남들처럼 배우진 못했어도 심성 하나만큼은 착하고 너그러운 근덕댁은 엄마 대하기가 민망한지 몸 둘 바를 몰라 했다. 엄마는 그런 올케가 기특하기도 하고, 또 미안하기도 해서 짠하게 마음이 저려왔다.

"올케가 죄송할 게 뭐 있어? 그 자식이 미친놈이지."

그렇게 말하며 엄마가 지갑에서 봉투 하나를 꺼내 올케한테 내밀었다.

"얼마 안 돼. 내가 찬값 모은 거야."

"괜찮은데…."

"받아둬. 피붙이라고 이거밖에 못하네."

"많이 도와주셨어요. 전 염치가 없어 고개도 못 들어요."

미안해서 고개도 들지 못하는 올케의 손을 엄마가 가만히 잡았다. 엄마는 힘주어 잡은 손으로 말보다 더 진한 마음을 올케에게 전하고 있었다.

못난 남편임에도 모질게 내치지 않고 넉넉하게 품을 줄 아는 올케가 대견하면서도, 그 속이 얼마나 문드러졌을까 싶어 미안해지는 것이다. 엄마의 마음을 안다는 듯 근덕댁도 말없이 엄마의 손을 내려다보고 있었다.

한참을 그러고 있던 올케가 번쩍 고개를 들며 물었다.

"형님, 점심 하실래요?"

문득 시장기가 도는 모양이었다. 시계를 보니 점심때가 조금 지난 시각이었다.

"올케 먹어. 난 그냥 먹는 거 보구 갈게."

"왜요? 같이 드시지."

한사코 밥상을 차리겠다는 걸 병원에 빈속으로 가야 한다며 사양했더니, 근덕댁은 대충 양푼에 밥을 비벼 마루로 가져왔다. 속이 상해서 아침도 굶은 기색이었다.

고추장을 듬뿍 넣은 비빔밥을 먹성 좋게 퍼 넣는 올케를 엄마는 대견한 듯 바라보았다.

"지난번엔요, 조 아래 여관에서 로타리 다방 레지하고 찰싹 달라붙어 있는 걸 제가 뛰어들어서, 히히, 그년 젖통을 덥석 물어버렸어요. 그냥 그 인간 거시길 물어 요절을 내려다가, 히히, 쓸데가 있겠지 싶어 그건 관두구요."

엄마는 올케의 천연덕스러운 얼굴을 보며 쓸쓸한 미소를 지었다. 저 나이 때 자신은 남편이 서울로, 미국으로 유학을 가는 바람에 그 팔팔한 강짜 한번 부려보지 못했다.

시집오자마자 남편은 공부하러 떠나고 홀시어머니와 함께 살아야 했던 그 외롭고 고단한 나날들. 남들이 신혼의 단꿈이라고 말하는 시기를 엄마는 다분히 비현실적인 느낌으로 받아들이곤 했었다. 단꿈은 고사하고 아이들 키우랴 살림하랴, 밤마다 허리 한번 제대로 펴고 자본 기억이 없는 고된 시집살이였다. 그렇게 십수 년 세월을 남편과 떨어져 살다 보니 이제 와 추억할 만한 애틋한 사연 같은 것도 만들지 못했다.

옛 생각에 쓸쓸한 미소를 짓던 엄마가 올케에게 물었다.

"그놈이 가만있어?"

"웬걸요. 내 머리챌 잡구 미친개 뛰듯 길길이 뛰드라구요. 그래도 거긴 다시 안 가는 거 같아요."

안쓰러운 엄마의 마음을 아는지 모르는지, 올케는 마치 남의 이야기하듯 속 편하게 말을 이었다.

"도박한 건 그러고 나서니까, 얼마 안 됐어요."

호랑이도 제 말 하면 온다더니, 그때 동생 근덕이 초췌한 얼굴로 대문을 걷어차며 들어섰다.

"밥 줘, 기집애야!"

집에 들어서자마자 성질부터 내는 걸 보니, 들고 나간 돈을 하룻밤 새 모두 날려 골이 날 대로 난 모양이다. 그 꼴을 보니 엄마는 한숨부터 나왔다. 근덕은 제 누나가 와 있는 걸 보고는 다짜고짜 시비부터 걸었다.

"뭐하러 왔어, 여길? 의사 사모님이 이 누추한 곳까지 어쩐 일이냐구! 지지리 궁상들 어떻게 사나 보러 왔어?"

근덕은 화풀이할 대상을 제대로 찾았다는 듯이, 윗옷까지 벗어 던지며 이기죽거렸다. 보다 못한 엄마가 한마디 했다.

"너 어떻게 그럴 수가 있니? 일한다고 돈 가져가놓구, 뭐, 도박을 해?"

그 말에 찔리는 게 있었던지 근덕은 눈을 부라리며 제 아내를 노려보았다.

"그, 그게 아니구…."

겁에 질린 올케가 울상을 지었다. 근덕은 이판사판이라는 듯 마구잡이로 나왔다.

"그래! 도박했다, 왜? 차 한 대 사달라니까 기껏 돈 오백 주고 지금 생색내는 거야? 그 돈 갖곤 안 되겠어서 나 도박한다. 왜, 떫어?"

근덕은 누나고 뭐고 볼 장 다 본 것처럼 침까지 퉤, 뱉어가며 대들었다. 당황한 근덕댁이 마루에서 맨발로 뛰어 내려가 근덕을 말렸다.

“왜 그래요, 누님한테.”

“안 보구 살자며? 의 끊자며? 그래, 동생이 이렇게 사니까 맘이 꽤나 편해?”

엄마는 더 있어 봤자 못 볼 꼴만 볼 것 같아서 가방을 들고 일어섰다. 근덕은 잡고 매달리는 아내를 거칠게 뿌리치며 옆에 있던 양은 대야를 힘껏 걷어차버린다.

“맘 편해? 잠이 잘 오냐구?”

“그래, 이놈아. 마음 편히 잠 잘 잔다, 왜?”

엄마가 속이 상해 버럭 소리를 지르자 근덕은 더 길길이 날뛴다.

“그래, 잘 자라! 에이 씨! 여긴 내 집이니까 나가! 어서 나가! 어서 안 나가?”

근덕은 신고 있던 신발까지 벗어 던지며 행패를 부렸다. 결국 엄마는 근덕에게 쫓겨나다시피 집을 나섰다.

봉천동 산꼭대기 그 아득한 골목길을 굽이굽이 돌아 내려오자니 참으려 해도 자꾸 눈물이 솟았다. 그래도 한 가지에 나서 자란 핏줄인데, 핏줄인데…. 엄마는 동생이 야속해 눈물이 나고, 또 자신의 처지가 한심해 눈물이 났다.

스트레스 때문인지 아랫배에서 심한 통증이 전해졌다. 엄마는 골목을 내려오는 동안 몇 번이나 그 자리에 주저앉아 쉬어야 했다. 식은땀이 흘러 오한이 나고 현기증마저 일었다. 아무래도 몸에 사달이 나긴 난 모양이다.

'오늘 할 일이 태산인데…. 이러고 있을 시간이 없는데….'

아버지는 진료실에 앉아 환자를 보고 있어도 도무지 일이 손에 잡히질 않았다.

'내가 이게 뭐 하는 짓이냐. 마누라는 그 지경이 되도록 손 한번 못 써준 주제에 무슨 의사라고….'

생각할수록 나오는 건 쓴웃음뿐이었다. 아버지는 결국 대기하고 있던 환자들을 모두 돌려보내고 가운을 벗어 던졌다.

"정 박사님 안에 계시지?"

"네."

진료실 밖에서 윤 박사의 목소리가 들리는가 싶더니 곧이어 그녀가 차트를 들고 나타났다.

"장 선배한테 사진 보냈어요."

안 그래도 절친한 친구이자 암 치료의 권위자로 알려진 장 박사한테 아내를 보일 생각이었다. 그러면서도 아버지는 괜한 자격지심에 말이 뒤틀려 나왔다.

"누가 너한테 그러라 시키든? 왜 시키지도 않은 짓을 해, 넌?"

윤 박사를 탓하고 싶은 마음은 조금도 없었다. 자신의 일이라면 두 팔 걷어붙이고 도와주는 사람인 걸 잘 알면서 아버지는 공연히 화를 내고 말았다. 이내 미안한 마음이 들었지만 아버지는 말없이 양복저고리를 걸쳤다.

윤 박사는 아버지의 신경질적인 반응을 충분히 이해할 수 있었다. 아무리 의사라는 직업이 냉철한 이성을 필요로 하는 일이라지만, 막상 이런 경우를 당하고 보면 어쩔 수 없는 한계에 부닥치게 마련이다. 아버지는 지금 의사로서가 아닌, 절박한 환자의 가족으로서 극심한 혼란을 겪고 있는 것이다.

"검사 다시 받을 거야. 니 차트 필요 없어."

윤 박사는 의아한 얼굴로 아버지를 바라보았다.

"내가 이 병원에 있지만, 난 이 병원 못 믿어. 지난번 윤 박사 환자도 자궁 종양을 양성인데 악성으로 잘못 짚은 적 있지? 다시 검사할 거야. MRI 기계도 초창기에 사서 너무 오래됐고. 아무튼 다, 싹 다 못 믿겠어."

아버지는 실내화를 구두로 갈아 신으며 다 지난 일을 가지고 트

집을 잡고 있었다. 지금 아버지가 말한 실수는 윤 박사 자신이 곧바로 발견해 바로잡은 아주 사소한 일이었다. 그 사실에 대해선 아버지도 잘 알고 있을 터였다. 아버지가 오진이길 바라는 마음만큼 윤 박사도 차라리 그러길 바랐다.

"나, 간다."

아버지는 윤 박사를 남겨두고 서둘러 진료실을 나와, 장 박사네 종합병원으로 향했다.

종합병원 로비는 오후 진료를 받으려는 환자와 보호자들로 북적거렸다. 아버지는 초조한 눈길로 입구를 뚫어져라 보았다. 만나기로 한 시각이 한참이나 지났는데도 엄마가 나타나지 않고 있는 것이다.

이윽고 저만치서 잰걸음으로 오고 있는 엄마의 모습이 눈에 들어왔다.

"왜 이렇게 늦어?"

아버지는 다가오는 엄마에게 짜증부터 냈다. 안 그래도 동생 때문에 속이 상해 있던 엄마였기에 아버지의 짜증을 곱게 받아줄 수가 없었다.

"뭐 좋은 일이라고 서둘러요?"

"가."

이럴 때 남편한테 자상한 구석이 있으면 신세 한탄이라도 해서 속을 좀 풀 수 있으련만… 하는 짓이 타고난 목석이다.

엄마는 눈 한번 마주칠 새 없이 앞서 걷는 아버지를 뒤따르며 한껏 눈을 흘겼다.

엄마가 피검사실로 들어간 뒤, 아버지는 장 박사 진료실 안을 초조하게 서성거렸다. 보다 못한 장 박사가 아버지에게 한마디 했다.

"잘 안 되겠지만 객관적으로 보려고 노력해라. 얼굴이 그게 뭐냐?"

그러나 아버지는 장 박사의 충고가 귀에 들어오지 않았다.

"검사 처음부터 다시 해줘. 윤 박사가 보낸 거 싹 다 잊어버리라구…."

장 박사가 무슨 말인가를 하려는데 엄마가 간호사와 함께 진찰실로 들어왔다.

"어제오늘 피를 한 말은 뽑네."

엄마가 농담처럼 투덜거렸다.

"제수씨 힘들죠?"

장 박사가 친절한 웃음으로 받아넘겼다.

"그냥 난 약이나 주면 좋겠구만."

"이쁘니까 잘 해주려고 그러죠."

"경환 엄만 잘 있죠?"

남편들끼리 워낙 가깝다 보니 안사람들도 서로 친하게 지내는 사이였다.

"늙은이가 잘 있어 봤자지, 골골해요."

엄마가 걱정스런 눈길을 보내자 장 박사는 대수롭지 않다는 듯 말을 이었다.

"그 사람이야 평생을 약으로 사는데, 뭐. 걱정할 거 없어요."

"검사실이 이층인가?"

마음이 바쁜 아버지가 장 박사의 말꼬리를 잘랐다.

"급하긴…."

사람 좋은 장 박사는 부드럽게 웃으며 엄마를 바라보았다.

"빈속이죠?"

"예."

"어제 검사에서 빠진 거랑, 어제 검사했어도 미흡하다고 생각되는 부분 다시 할 거예요."

엄마는 장 박사의 설명을 하나도 놓치지 않으려는 듯 신중하게 듣고 있었다. 그런 아내를 보고 있기가 측은해 아버지는 고개를 돌리고 말았다.

"소변보기가 많이 불편해요?"

장 박사가 다시 물었다.

"… 그러네요."

“얼마나?”

“오늘은 배만 뒤틀리구, 한 번도 안 나왔어요.”

아버지와 장 박사의 얼굴에 더욱 짙은 그늘이 드리워졌다. 지금 하는 말대로라면 보통 심각한 상황이 아니었다. 아버지는 엄마가 그 정도 상태가 되도록 고통을 참고 있었다는 걸 믿고 싶지 않아 괜스레 장 박사를 채근했다.

“자, 빨리빨리 검사하자구.”

곧이어 엄마는 내시경이며 MRI, 심전도 등 지루한 검사에 들어갔다.

아버지는 장 박사와 함께 이미 넘어온 자료들을 들여다보고 있었다. 장 박사가 먼저 아버지 안색을 살피며 입을 열었다.

“수술 못 해.”

“왜?”

장 박사의 말에 아버지 눈빛이 한껏 사나워졌다.

“알잖아….”

“내가 뭘 알아? 명의라고 소문난 너나 알지, 나 같은 돌팔이 의사가 뭘 알아. 난 위염을 위궤양이라고 판정한 적도 있고, 맹장을 장염이라고 오진한 적도 있어. 난 몰라.”

아버지는 엄마의 상태를 충분히 짐작할 수 있으면서도 한사코 자조적인 심정으로 다른 가능성에 매달렸다. 장 박사는 그런 친구의 마음을 누구보다 훤히 꿰뚫고 있었지만 이런 상황일수록 냉정한 태도를 잃어선 안 된다는 것도 잘 알고 있었다.

"너, 그런 행동 도움 안 돼."

장 박사의 어조에는 안타깝지만 어느 정도의 비난과 질책도 담겨 있었다.

아버지는 물기가 차오르는 눈으로 장 박사를 뚫어져라 바라보았다. 어떤 가능성도 회피하지 말라는 간절한 호소였다.

"창피한 소리지만, 나 낼모레면 후배들한테 밀려 삼십 년 의사직도 그만이야. 그때까지 기다릴 것도 없이, 나 지금 그만둔다. 나 지금부터 의사 아니야. 그러니까 내가 알아듣게 찬찬히 설명해."

"이미 늦었어."

간결한 장 박사의 대답은 사형선고나 다름없었다. 그 말을 받아들일 수 없어 아버지는 자리에서 벌떡 일어나 소리를 질렀다.

"그게 의사가 할 소리야, 인마! 니들은 남의 사정 생각두 않구, 늦었다 그 한마디면 모든 게 끝나? 돈 뜯으려고 이 검사 저 검사 다 해놓구 늦었다, 그러니 가라! 그럼 끝나는 거야? 사람 목숨 놓구 가라, 그럼 끝나는 거야, 이 자식아!"

장 박사도 이성을 잃은 아버지의 태도에 덩달아 목소리를 높였다.

"수술이 전혀 도움이 안 돼! 임파선이 통통 붓고, 여기저기 엉망이야. 잘못 수술하다 더 크게 번질 수도 있어. 괜히 이곳저곳 휘저어 병만 키운다구. 진정해, 인마!"

아버지가 바라는 대답은 그것이 아니었다. 그 어떤 것이라도 엄마를 위해 해줄 수 있기를 바랐다. 의사인 자신이 병에 걸린 아내를 위해 아무것도 해줄 수 없다는 것이 더없이 화가 나고 분했다.

"수술해!"

"안 돼!"

"수술해. 배 열어보기 전엔 누구도 어쩌구저쩌구 장담 못해. 너 왜 그렇게 말이 쉬워? 남편이 의사란 작자인데 손 하나 까딱 않고, 저 하나만 보고 산 여자한테 거두절미하고 너 끝장났어 여편네야, 그렇게 말하라구? 난 못해. 배 열구 내 눈으로 보기 전엔 나 그 말 못해. 진행이 예상보다 덜할 수도 있어. 아직은 그 여자두 안 아프대."

아버지가 지푸라기라도 잡는 심정으로 매달리고 있었지만, 장 박사는 조용히 고개를 저을 뿐이었다.

"아파. 참는 것뿐이야. 분명 아파. 그리고 수술하면 더 힘들어. 캔서 환자 더디 아무는 거 너두 알잖아."

그걸 몰라서가 아니었다. 아버지는 지금 천만분의 일이라도 가능성이 있다면 거기에 모든 걸 걸어보고 싶은 심정이다. 하지만 장 박사는 그 천만분의 일만큼의 가능성조차 부인하고 있었다.

아버지는 장 박사의 무섭도록 차분한 태도에 할 말을 잃은 듯 잠자코 뷰 박스를 다시 켰다. 푸르스름한 불빛 위에 종양 덩어리가 모습을 드러냈다. 아버지는 이내 모든 걸 체념한 듯 맥 빠진 어조로 입을 열었다.

"그래, 나두 의사야. 이게, 이렇게 큰 게 아래를 누르고 있어. 소변볼 때마다 죽을 맛일 테구, 하루가 다르게 더 심할 거야. 자각은 죽는다는 통보니까… 곧 죽겠지."

잠시 입을 앙다물어 복받치는 눈물을 참던 아버지가 필름을 두드리며 장 박사에게 사정했다.

"죽을 때 죽더라도 이건 떼낼 수 있어. 숨통이나 틔워주자구! 단 일주일이라도 더…. 그것만이라두 해주자구!"

장 박사는 친구의 마지막 기대마저 무너뜨릴 수 없었던지 잠시 고민에 빠졌다.

"알았어. 해보자구. 모레 세 시에 수술 예약해놓을게."

"모레 세 시, 틀림없지?"

"그래, 내일 당장 입원시켜."

아버지는 수술 확답을 받아내고서야 비로소 장 박사의 진료실을 나왔다.

분명히 많이 아팠을 텐데, 참으려고 해도 참아지지 않을 만큼 많이 아팠을 텐데…. 자기 몸이 이 지경이 될 때까지 미련곰탱이처럼 참고 버티며 살아온 엄마가 아버지는 가슴이 쓰리도록 안쓰럽고 미안했다.

"집은 나중에 지어두 돼. 아픈 사람이 어딜 가!"

"일산 갈 거야. 하루라도 빨리 집 지어야 어머니 덜 고생하셔."

한사코 일산 새집에 가보겠다고 고집을 피우는 엄마에게 아버지는 화가 났다. 자신의 몸속에 심각한 병마가 도사리고 있는 줄도 모른 채 그저 새로 짓고 있는 집 걱정을 해대는 엄마가 못마땅했던 것이다.

"아프긴 누가 아퍼? 내 나이에 안 아픈 사람이 어디 있기나 하대?"

엄마는 만류하는 아버지를 뒤로한 채 막무가내로 일산행 버스 정류장 쪽으로 걸음을 옮겼다. 아버지는 사람이 몰라도 저렇게 모를 수 있을까 싶을 정도로 천하태평인 엄마를 잡아 세웠다.

"집에 큰돈 두고 잠이 와요? 그리구 몇 번을 말해. 노친네 겨울나기 힘들어 곧 들어갔으면 싶다구."

엄마도 아버지의 손을 뿌리치며 고집을 피웠다. 아버지는 분통이 터지려는 걸 간신히 참고 다시 엄마의 팔을 잡아끌었다.

"집에 가자구."

"진즉에 좀 걱정하지!"

엄마는 또다시 팔을 확 뿌리치며 언성을 높였다. 엄마의 말이 비수처럼 날아와 아버지의 가슴을 찔렀다.

'진즉에…. 이렇게 늦어버리기 전에….'

아버지는 순간 말문이 막혀버렸다.

"젊어서 애 낳을 때두 옆에 없던 사람이… 늙어 망령이 나나…. 병원에나 들어가요. 일두 안 하구 월급 받을라 하나."

매몰차게 쏘아붙인 뒤 정류장 쪽으로 휘적휘적 걸어가는 엄마를 아버지는 멍하니 쳐다보며 한숨을 내쉬었다.

이제 와 무슨 원망을 듣는다 해도 할 말이 없었다. 그래도 내일 입원할 엄마를 혼자 일산으로 보내는 건 무리였다. 아버지는 다시 뒤쫓아가 엄마의 팔을 붙잡았다. 하지만 자신의 병이 얼마나 심각한지 모를 뿐 아니라, 내일 입원해서 수술을 해야 한다는 것도 모르는 엄마는 아버지의 고집이 짜증스럽기만 했다.

"내 걱정 그리 되면, 근덕이한테나 한번 가보슈."

엄마는 병원에 가기 전에 그 난리를 피웠던 것을 떠올리며 쏘아붙였다. 자신이 무엇 때문에 속이 타는지, 또 무엇이 급한지 안중에 없는 아버지의 태도가 갑자기 야속해졌던 것이다.

"그러는 거 아니우. 나한텐 하나밖에 없는 피붙이구, 당신한텐 하나밖에 없는 처남인데…."

엄마가 난데없이 처남을 들먹이며 자신을 탓하자 아버지는 할 말이 없었다.

고집스레 잡아끌던 아버지가 포기할 기미를 보이자 일산행 좌석 버스에 올라타려던 엄마가 돌아서 한마디 던진다.

"오늘은 술 먹지 마요."

일산행 버스는 엄마를 태우고 떠났다.

아버지는 한동안 그 자리에 못 박힌 듯 서서 버스가 사라진 쪽을 망연히 바라보고 있었다.

엄마는 완공이 얼마 남지 않은 일산 집을 흐뭇한 미소로 바라보았다. 김 소장에게 남은 공사 대금을 모두 지불했으니 서두르면 겨울이 깊어지기 전에 이사할 수 있을 것이다. 가족 모두 이 집에서 따뜻하게 겨울을 날 수 있을 거라는 기대감에 엄마는 한껏 부풀어 있다. 지금 사는 집은 웃풍이 심해 겨울나기가 여간 곤혹스럽지 않았다. 특히 추위에 약한 할머니는 겨우내 감기를 달고 살았다.

집이란 여자에게 꿈을 주는 곳이다. 엄마 역시 이 집에 소박한 꿈들을 심어놓고 있었다. 내년 봄엔 정원 한편에 꽃도 심고 작은 텃밭도 만들 작정이다. 갓 딴 상추와 고추로 바비큐 파티를 열어 가족들과 두런두런 얘기도 나눠야지, 연수 결혼식 전날엔 저 대문 밖에서 신랑 친구들이 함을 사라며 외쳐댈 것이고, 몇 년 후엔 연수와 정수가 낳은 손주들이 이 정원을 깔깔거리며 뛰어다닐 것이다.

엄마는 뿌듯한 기분으로 '참 좋다!'는 말을 연발하며 정원 여기저기를 둘러보았다. 방이며 주방도 일일이 들여다보고 싶었지만 김 소장이 미처 열쇠를 가지고 오지 않아 집 주변만 살피는 중이었다. 집 안에 들어가지 못하고 돌아서는 게 못내 아쉬웠지만, 이제 집에 돌아가야 할 시간이었다. 봉천동 들렀다 병원에서 검사도 길게 받느라 너무 오래 집을 비운 게 걱정이 되었다.

엄마는 할머니가 잘 계신지 궁금해 집으로 전화를 걸었다.

"아줌마? 일산 왔다가 너무 늦었네."

'할머니 죙일 주무시고 이제 깨셨는데요, 뭐.'

간병인의 말에 엄마는 가슴을 쓸어내린다.

"아이고, 다행이네. 내가 나와 있어두 그 양반 때문에 맘이 안 편해…."

그때, 전화기 저편에서 할머니가 악을 쓰는 소리가 들려온다.

'연수야! 연수야!'

자다 일어난 할머니가 엄마를 찾는 모양이다.

'아이쿠!'

통화를 하다 말고 비명을 지르는 간병인의 목소리가 전화기를 타고 흘러나왔다. 순간 엄마의 낯빛이 어두워졌다.

'도둑이다!'

이어 시어머니의 외침 소리도 선명히 들려왔다.

"아줌마?"

엄마는 덜컥 불안한 생각이 들었다. 전화기에 대고 간병인을 불러봤지만 들려오는 건 시어머니의 옹골찬 음성뿐이었다.

'너, 도둑년이지? 내가 니년을 반드시 서에 넘길 거야. 콩밥을 먹일 거야, 이년! 수갑을 채울 거야!'

'아이쿠, 그놈의 몽둥이 좀 치워요.'

"아줌마! 아줌마!"

엄마가 간병인을 불러봤지만 전화기에선 할머니의 고함과 간병인의 비명소리만 간헐적으로 들려올 뿐이었다. 통화를 하던 엄마가 눈에 띄게 초조해하자 김 소장이 집까지 태워주겠다며 차로 이끌었다. 엄마는 염치 차릴 겨를도 없이 차에 오르며 김 소장을 재촉했다.

"아저씨, 빨리 가주세요."

엄마는 달리는 차 안에서 발을 동동 굴렀다. 제발 아무 일 없어야 할 텐데. 아침에 집을 나설 때부터 영 마음이 개운치 않더니 결국 일이 벌어지고 말았다. 엄마는 집에 오는 내내 애가 닳아 안절부절못했다.

"어머니, 나 왔어."

숨을 헉헉대며 집 안으로 뛰어 들어온 엄마는 할머니부터 찾았다. 난장판이 된 거실에서 할머니가 밥솥을 끌어안은 채 욕실을 노려보고 있었다.

낮잠을 자고 일어난 할머니가 주방에서 밥을 푸고 있던 간병인을 도둑으로 몰아서는 몽둥이로 마구 때렸던 것이다. 간병인은 엄마가 올 때까지 근 한 시간 가까이 욕실에 갇혀 있는 중이었다.

"어머니, 이제 괜찮아, 괜찮아."

엄마는 할머니의 겁먹은 얼굴을 부드럽게 어루만져주었다.

"어디 갔다 왔어?"

할머니는 그렁그렁 물기가 서린 눈망울로 엄마를 올려다보았다. 영락없이 집 나간 엄마를 기다리던 어린아이의 눈매였다. 엄마는 그런 할머니를 측은히 바라보며 짐짓 밝게 웃어 보였다.

"집 보구 왔지!"

그 말에 할머니가 입가에 김칫국물이며 밥알 찌꺼기를 잔뜩 묻힌 채 히죽 웃었다.

할머니를 진정시킨 엄마는 욕실로 가 간병인을 나오게 했다. 뚱한 얼굴로 나오는 간병인을 보자 엄마는 여간 미안한 게 아니었다.

"미안해서 어째…. 많이 힘들었죠?"

"…."

할머니는 어느덧 간병인의 존재조차 까맣게 잊어버리고 엄마를 따라다니며 응석을 부렸다. 엄마는 그런 할머니가 측은해 응석을 모두 받아주며 겨우 한숨을 돌렸다.

엄마가 일산행 버스를 타고 떠난 뒤 아버지는 괜스레 거리를 방황하고 다녔다. 그러다 퇴근길인 윤 박사를 붙잡아 처남댁이 하는 포장마차로 갔다.

마침 저녁 시간이라 포장마차에는 술손님이 꽤 많았다. 처남댁은 혼자 꽁치를 구워낸다, 국수를 말아낸다 하며 정신없이 바쁜 모습이었다. 그 와중에 윤 박사를 앞세우고 들어서는 아버지를 보자 몹시 당황한 기색이었다.

아버지는 포장마차 한편에 자리를 잡고 윤 박사와 술을 마시며 처남댁이 한가해지기를 기다렸다. 한차례 몰렸던 손님들이 우르르 빠져나가고 처남댁의 일손이 조금 한산해지자 아버지가 말문을 열었다.

“나, 처남댁한테 부탁 있어 왔어요.”

“저 같은 거한테 무슨….”

느닷없이 찾아온 아버지가 어려워 몸 둘 바를 모르던 근덕댁은 겨우 웃는 얼굴로 말끝을 흐렸다.

“우리 마누라 수술 들어가는데, 병간호 좀 도와줘요. 워낙 깔끔한 사람이라 남의 손 빌리는 거 싫어할 것 같아서 그래요.”

아버지가 수술 이야기를 꺼내자 윤 박사가 놀란 눈으로 쳐다보았다. 아버지는 윤 박사의 시선을 묵살하며 빈 잔에 술을 채워 단숨에 들이켰다.

엄마의 수술 얘기에 놀란 건 근덕댁도 마찬가지였다. 그녀는 자리에서 벌떡 일어나 호들갑을 떨며 물었다.

“형님 어디 아프세요? 어, 낮에까지만 해두 별일 없었는데….”

아버지가 말없이 쳐다보자, 근덕댁은 지레짐작으로 묻지도 않은 말을 주섬주섬 늘어놓기 시작했다. 공연히 엄마에게 돈 받은 일이 마음에 걸렸던 것이다.

“저, 그러니까 오늘 낮에 김치랑, 아니 젓갈이랑….”

“알아요. 얘기 들었어요.”

“… 네, 그러셨구나. 정말 젓갈밖에 안 주셨어요.”

없는 주변머리에 변명을 늘어놓느라 곤욕을 치르고 있는 처남댁이 안쓰러워 아버지는 쓴웃음을 지었다. 엄마가 간간이 처남의 옹

색한 살림에 돈을 보태주고 있다는 것쯤은 눈치로 알고 있었다. 그걸 끝까지 모른 척하지 못하고 언젠가 아내한테 싫은 소리를 좀 한 뒤부터는 아내도 처남댁도 서로 쉬쉬하는 눈치였다.

도대체 언제까지 그 망나니 같은 처남 뒤나 돌봐줄 작정이냐고 아내를 몰아붙였던 일이 새삼 가슴에 밟혔다. 비록 지난 일일망정 여린 아내가 어찌 생각했을까 헤아려보면, 자신이 한없이 치졸해지는 기분이었다.

"근데… 어디가 많이 아프세요?"

근덕댁이 걱정스럽게 물어왔다.

"…."

"어디가요? 형님 요즘 오줌소태 때문에 고생이시라던데, 오줌보가 문젠가?"

"네, 그렇네요. 드럽게 오줌보가 안 좋네요."

아버지의 말이 끝나자마자 윤 박사가 자리에서 벌떡 일어났다.

"선배, 저랑 나가서 얘기 좀 해요."

아버지는 윤 박사가 무슨 이야기를 하려는지 짐작하고도 남았다. 그녀는 분명 수술에 기대를 거는 그의 어리석음을 탓하고 싶을 터였다. 아버지는 조용히 윤 박사의 팔을 잡아 앉히며 처남댁에게 재차 다짐을 두었다.

"해줄 수 있죠? 낼 당장 입원할 건데."

"그럼요."

근덕댁은 두 번 생각할 것도 없이 선선히 대답했다. 그러고는 마음이 조급해졌는지 두르고 있던 앞치마부터 벗었다.

"그럼, 지금 당장 포장 접어야겠네요."

"처남한테 얘기 안 해도 돼요?"

아버지가 묻자 처남댁은 어설픈 웃음을 지어 보였다.

"아마 한동안 안 들어올 거예요. 통장이 든 전대를 통째로 들구 나갔으니까 달포는 족히 걸릴걸요?"

"여전히 속 썩여요? … 나쁘네."

아버지는 속이 타 술잔을 들었다. 못난 처남 때문에 속 꽤나 썩었을 엄마를 떠올렸던 것이다.

"아니에요. 그렇게 안 나빠요. 애 못 낳는 년, 데리고 사는 것도 고맙죠, 뭐."

처남댁은 어쨌거나 남편이라고 도리질까지 해가며 감싸고돌았다. 수다스런 구석은 있지만 언제 봐도 처남댁에겐 사람을 편하게 해주는 미덕이 있었다. 그것은 그녀의 장점이자 약점인 그 무구한 천진성에서 비롯된 편안함일 터였다.

"저, 그럼 지금 집에 갔다 오실래요? 짐두 좀 챙기시고 처남한테 메모도 남기고. 여긴 내가 지켜드릴게."

"그러실래요?"

아버지는 서둘러 포장마차를 나서는 처남댁을 눈으로 배웅하고는 묵묵히 술잔을 비웠다.

처남댁이 돌아오길 기다리며 윤박사와 술잔을 주고받던 아버지는 꽤 많은 양의 술을 마셨다.

“언니가 힘들지 않을까요?”

아까부터 할 말을 잔뜩 쌓아두고 있던 윤 박사가 어렵사리 입을 열었다. 아버지는 고개를 끄덕이며 들고 있던 소주잔을 입안에 털어 넣었다.

“할 수 없지. 너두 좀 도와라.”

“….”

“해보는 데까지는 해봐야지. 그래야 내 맘이 편할 거 같아.”

“… 네.”

“… 남자가 참 그렇다.”

뜬금없는 아버지의 말에 윤 박사가 가만히 귀를 귀울였다.

“생각해봐라. 남자란 인간이 참 쓸모가 없어. 젊어 일할 때나 쓸모 있을까, 늙어지면 쓰레기야. 평생 지 한 몸 간수하는 법도 배우지 못하구 살고. 도대체 하는 게 없어. 밥을 할 줄 아나, 빨래를 할 줄 아나, 애들을 키울 줄 아나….”

아버지가 자조 섞인 넋두리를 농담처럼 쓸쓸하게 내뱉었다.

"집사람 죽는다고 슬픈 건 없는데, 참 아쉬울 거는 같네."

"…."

"난 다음 생엔 여자로 태어날 거다. 된장 담그는 것도 배우고, 김치 담그는 것도 배우고. 우리 집사람 반찬 아니면 어디 가서 수저를 못 드는데…. 아무래도 나두 곧 굶어 죽을 것 같다."

농담인 양 말하고 있었지만 어느 결에 아버지의 목소리는 파르르 떨리고 있었다. 윤 박사는 소주잔을 만지작거리며 아버지의 한마디 한마디를 아프게 듣고 있었다.

"윤아, 너두 우리 집 된장, 고추장 많이 퍼다 먹었지?"

"… 네."

"너 이제 그 된장 못 먹게 돼, 어쩌냐? 안됐다."

3

"그래, 어디가 그렇게 나쁘대요?" "… 다 나쁘대."
"아픈 데가 없는데 어떻게 다 나빠?" "자궁암이야."
"자궁 들어내야 해요? 까짓것 들어내지, 뭐.
아픈 데도 없이 그런 병이 왜 걸렸대?"
"… 안 아퍼?" "아프면 뭐, 대신 아파줄래요?"

퇴근 준비를 하는 연수의 손길이 경쾌하다. 영석과의 오붓한 저녁 데이트가 기다리고 있기 때문이었다. 그때 인철이 작업복 차림으로 연수에게 다가왔다.

"저녁 같이 하자."

인철은 연수에게 할 말이 있는 눈치였다.

"약속 있어요."

인철이 연수에게 하고 싶은 말이 무엇인지 연수는 짐작할 수 있었다. 영석과의 약속이 아니더라도 연수는 그 말을 피하고 싶었다.

"차 부장이니?"

연수는 대답하지 않았다. 인철의 시선에 연수를 향한 비난이 섞여 있긴 했지만, 연수가 상처를 받을까 걱정하는 마음이 더 깊이 담겨 있었다. 연수 또한 그런 인철의 마음을 헤아릴 수 있었다. 하지만 상처 받을 거 뻔히 알면서 왜 불구덩이로 뛰어들려고 하느냐는 인철의 충고를 지금 이 순간만큼은 듣고 싶지 않았다. 연수는 이미 불구덩이에 뛰어드는 불나방이 되어도 후회하지 않을 마음이었다. 그것이 자신의 사랑이라고 믿고 있었다.

인철은 기어코 주차장까지 연수를 따라와 추궁했다.

"그 사람이 이번엔 널 책임져준대? 그러더냐구?"

"책임져주기 바라지 않아요."

연수는 담담하게 대답했다.

"사랑은 책임이야."

"선배 생각이에요. 우린 아니에요."

연수는 영석과의 사랑을 특별한 사랑이라고 여기고 싶었다. 그저 남과 조금 다른 특별한 사랑이라고. 다르다고 해서 사랑이 아닌 건 아니었다.

인철은 인정할 수 없다는 듯 몰아붙였다.

"사랑은 책임이야. 적어도 책임지려고 하는 노력이야. 그게 사랑인 거야. 책임 없는 사랑은 가벼워서 봄바람에도 날아가 바람 되고, 먼지 돼. 넌 먼지 되고 바람 될 거야. 흔적도 없이, 그렇게 될 거야. 그 사람은 엄청난 책임과 무게가 있는 가정으로 돌아갈 거구."

"바람 되고, 먼지 돼도 난 좋아요. 추억은 있으니까."

연수는 다시 찾아온 영석에게 무너지던 순간 모든 것을 각오했다.

"똑똑히 들어. 차 부장한테 넌 추억도 못 돼. 넌, 그냥 스쳐 지나가는… 지나가선 다시 오지 않는… 아무것도 아닌… 그런 존재야."

인철의 말이 연수의 가슴에 아프게 꽂혔다. 연수는 모멸감과 수치심으로 떨리는 입술을 지그시 깨물었다.

"우리… 그렇게 쉽지 않아요."

연수는 더 이상 인철이 자신의 사랑에 간섭하는 걸 용납하지 않겠다는 듯 침착하고 단호하게 말했다. 당황한 듯 인철의 눈빛이 흔들렸다.

"… 무슨 일 있었니?"

연수는 인철의 그 불온한 우려가 무얼 뜻하는지 짐작할 수 있었다. 연수는 경멸하듯 인철을 노려보았다.

"무슨 상상해요, 지금?"

"… 끝이 보이지 않는 길은 가지 않는 거야, 이 바보야."

"미안해요. 난 그 끝, 선배가 말하는 그 끝이라는 거… 관심 없어요."

인철은 그 어떤 말에도 꿈쩍하지 않는 연수를 안타까운 눈빛으로 바라보았다. 연수는 차에 올라 그곳을 빠져나오며, 굳은 듯 서 있는 인철의 모습이 점점 작아져가는 걸 백미러로 보고 있었다.

사랑에 빠진 사람이 어떻게 그 사랑의 끝에 관심이 없을 수 있겠는가? 연수는 다만 그것을 보지 않으려 눈을 감고 있는 것뿐이었다. 그 끝을 보려 할수록 불안해지는 사랑이기에 차라리 보고 싶지 않은 거였다. 지금 이 순간 연수가 느끼고 볼 수 있는 사랑, 그 사랑만으로도 연수는 충분히 행복했다. 그걸로 만족하기로 했다.

영석과의 저녁식사는 편안하고 즐거웠다. 영석과 함께 있으면 머릿속 모든 잡념을 잊을 수 있었다. 인철과의 언쟁으로 가슴 밑바닥을 흔들어놓았던 불안감도 어느 결에 스르르 녹아 사라져버렸다. 대신 그의 눈빛, 그의 은은한 향수 냄새, 그의 부드러운 손길만이 연수의 가슴을 꽉 채우고 있었다.

연수는 와인을 몇 잔 마신 영석을 태우고 그의 아파트 단지 앞까지 왔다.

"괜히 너만 힘들게 했다."

"괜찮아요."

"우리 집 한번 들어갔다 갈래?"

영석이 안전벨트를 풀며 지나가는 말처럼, 무심히 물었다. 순간 연수는 그 말뜻을 어떻게 해석해야 할지 몰라 애매한 표정을 지어 보였다.

"나 사는 거 보고 싶지 않아?"

여전히 영석의 대꾸는 자연스러웠다. 그가 어떻게 사는지 궁금하긴 했다. 잠시 머뭇거리다 연수는 가만히 고개를 끄덕였다.

영석의 아파트는 세련된 분위기에 모든 게 완벽하리만큼 깔끔하게 정리되어 있었다. 거실 진열대 위에 놓인 가족사진이 연수를 향해 밝게 웃고 있었다. 하나같이 화사하고 행복해 보이는 웃음들. 연수는 그중에서도 함박웃음을 담뿍 담고 영석에게 안겨 있는 아내의 행복한 표정에 오래도록 눈길을 주었다.

연수는 흔들리려는 마음을 꾹 눌렀다. 영석의 곁엔 언제나 아내의 존재가 그림자처럼 따라붙어 있다는 사실을 이미 알고 있지 않은가? 새삼스러울 것도 없는 일이다.

잠시 후, 옷을 갈아입기 위해 안방으로 들어갔던 영석이 거실로 나왔다. 후드가 달린 흰색 면 소재의 트레이닝복 차림이었다. 그렇게 입으니 한결 앳된 모습이다. 마치 소년 같은 그의 모습에 연수는 미소를 지었다.

"추리닝… 잘 어울린다."

영석이 어색하게 웃었다.

"그래? 미안하지만 조금 더 기다려야겠다. 땀 냄새가 나서 씻어야겠어. 냉장고 열면 먹을 게 있을 텐데…. 갖다 먹어. 곧 나올게."

영석이 욕실로 들어가는 걸 보고 연수는 주방으로 가 냉장고 문을 열었다. 순간, 연수는 무언가 눈에 밟히는 느낌이 들어 다시 문을 닫았다. 하얀 냉장고 문 앞엔 노란색 메모지가 붙어 있었다.

아침 밥 꼭 먹을 것!

그의 아내가 써놓은 메모였다. 꼼꼼하고 여성스러운 필체 밑에는 핑크빛 하트도 그려져 있었다. 연수는 외면하듯 냉장고 문을 다시 열어 주스병을 꺼냈다. 컵을 가지러 싱크대 쪽으로 가려던 연수의 눈에 또 다른 메모지가 들어왔다.

전기 압력밥솥 사용법

1. 쌀을 씻어 가운뎃손가락 둘째 마디까지 물을 붓는다.

2. 뚜껑을 닫아 잠그고 코드를 꽂는다.

3. 취사를 누른다.

4. 김이 빠지고 보온에 불이 켜지면 밥이 다 됐다는 표시.

5. 귀찮다고 밥을 한꺼번에 많이 하지 말고 꼭 계량컵으로 두 개씩만 하세요!(그 정도면 한 사람 정도 같이 먹을 수 있음.)

북어국 끓이는 법

1. 북어를 깨끗한 물에 10분 정도 불린다.

2. 식용유에 살짝 볶다가 물을 붓고 끓이면 좋지만, 귀찮을 땐 그냥 끓여도 무방.

3. 국이 끓으면 조선간장을 한 숟갈 넣고 파, 계란을 풀어 넣는다.

4. 조미료 몸에 해로운 것 아시죠?

싱크대 서랍과 식탁 여기저기, 하다못해 가스레인지에까지 온갖 조리법이며 기구 사용법들이 적혀 있는 메모지가 다닥다닥 붙어 있었다.

순간, 연수는 그 메모지들 사이에서 길을 잃은 사람처럼 두리번거렸다. 고개를 돌리는 곳마다 노란색 메모지들이 '여긴 네 자리가 아니야!'라며 항변이라도 하는 듯 눈앞으로 달려들었다. 연수는 왠지 모를 혼란과 어지럼증을 느꼈다.

겨우 거실 쪽으로 고개를 돌려보지만 그곳에는 사진 속에서 웃고 있는 그의 아내가 있다. 연수는 그 미소가 자신을 조롱하는 것처럼 느껴졌다. 어느 한 군데 연수가 설 자리를 내주지 않으며 사진 속의 여자는 철저하게 집 안을 장악하고 있었다.

연수는 구원을 청하는 심정으로 영석이 들어간 욕실을 바라보았다. 하지만 여전히 세찬 물소리만 새어 나올 뿐이었다.

바로 그때, 물소리가 끊기고 영석의 목소리가 들려왔다.

"연수야, 미안한데 안방 장롱에서 수건 좀 갖다 줄래?"

연수는 힘없이 걸음을 옮겨 안방 문을 열었다. 깨끗하게 정돈된 더블 침대. 그 머리맡에 나란히 놓인 베개 두 개. 그곳에도 복병처럼 진을 치고 있는 사진 속의 여자. 연수는 자신이 절대 와서는 안 될 곳에 와 있다는 것을 다시 깨달았다.

연수는 황망한 손길로 장롱 문을 열었다. 옷장 안에는 잘 정돈된 양복이 줄지어 걸려 있었고, 아래쪽에는 깨끗하게 다림질한 와이셔츠가 차곡차곡 쌓여 있었다.

수건을 찾기 위해 서랍을 열어보니 눈부시도록 희게 손질된 그의 속옷과 양말들이 손바닥만 한 크기로 접혀 빼곡하니 들어차 있었다. 어디선가 눈에 익은 여자의 손길이 느껴졌다.

수건은 맨 아래 서랍에 색색깔로 구색을 맞추어 가지런히 정리되어 있었다. 연수는 그중 하나를 꺼내 들고 장롱 문을 닫으려다 문득 문 안쪽으로 시선을 옮겼다. 아침마다 넥타이를 매는 수고를 하지 않아도 되게끔 동그랗게 매듭이 지어진 넥타이가 분위기에 따라 일곱 개쯤 걸려 있었다.

침대 맡, 옛날 흑백사진 속의 어머니처럼 다소곳하게 앉아 수줍게 웃고 있는 사진 속의 여자는 그 보이지 않는 손으로 집 안 곳곳을 빠짐없이 돌아다니며 여전히 영석의 아내 노릇을 하고 있었다. 그것도 아주 기쁜 마음으로.

'내가 그를 위해 할 수 없는 게 바로 이런 거구나.'

아침이면 남편을 위해 국을 끓이고 셔츠를 다렸을 그 아내의 기꺼운 표정이 저 사진 속에 있었다. 이 집 안에서 배어 나오는 아기자기한 살림 냄새는 감히 그 누구도 범접할 수 없는 그 여자만의 절대 영역이었다. 연수는 사진 속 여자를 바라보며 질투와는 다른, 훨씬 복잡하고 미묘한 감정에 사로잡혀 있었다.

연수는 조용히 안방 문을 열고 나왔다. 욕실에선 경쾌한 휘파람 소리가 들려왔다. 연수는 욕실 문 앞으로 다가가 가만히 수건을 내려놓고 그의 집을 나왔다.

집으로 가는 길은 언제나 마음이 멀다. 사랑하는 사람들은 헤어지기 싫어서 결혼을 한다고 했던가. 그들, 영석과 그의 아내는 서로 얼마나 사랑했기에 결혼을 한 것일까.

사랑한다고 말할 때, 청혼을 할 때 영석은 어떤 눈빛으로, 어느 정도의 절실함으로 그녀를 바라보았을까. 그럴 때 그녀의 표정은 어땠을까. 사진에서처럼 수줍고 고운 웃음을 지었을까. 그들은 여전히 서로를 사랑하고 있을까….

영석이 아닌 다른 남자의 아내였다면 같은 여자로서도 기어이 반해버렸을 그녀의 기품 있는 미소를 떠올리며 연수는 힘없이 벨을 눌렀다.

"어떻게 모두 남의 일 같어? 지금이 몇 시야? 일찍 들어오라구, 내가 몇 번이나 일렀어, 도대체!"

엄마가 문을 열어주며 버럭 짜증을 냈다. 낮에 할머니가 간병인과 한바탕 난리를 쳐 그렇잖아도 심란한데, 오늘도 서로 약속이나 한 듯이 늦게 들어온 식구들 때문에 쌓였던 감정이 폭발한 것이다.

술이 떡이 되어 돌아온 정수는 벌써 이층 제 방에서 곯아떨어졌고, 아버지는 연수가 들어오기 직전에야 외숙모를 앞세우고 술 냄새를 풍기며 들어왔다.

"사람들이 왜 그래, 정말. 정신 빠진 노친네 가둬놓구 맘이 편해?"

웬만한 일로는 불평을 하는 법이 없는 엄마였다. 심상찮은 집안 분위기에 연수는 괜스레 엄마 눈치를 살폈다.

"미안해요."

연수 말을 들었는지 못 들었는지 엄마는 자정이 다 되어가는 늦은 시간에 마룻바닥을 걸레로 박박 문지르며 또 투덜거린다.

"나 죽어두 눈 하나 꿈쩍 안 할 인간들."

때마침 방에서 나온 아버지는 걸레질을 하는 엄마를 보자 속이 상했다.

"청소기 없어?"

"그걸로 때가 져요?"

엄마는 부지런히 걸레질을 하며 퉁명스럽게 쏘아붙였다.

사실 엄마는 아버지 때문에 화가 난 것이다. 아버지가 술에 취해 올케까지 데리고 집에 들어설 때부터 속이 뒤틀렸다. 낮에 화가 나서 근덕이한테 신경 좀 쓰라고 했더니, 뜬금없이 올케를 집으로 데리고 들어온 것이다. 근덕이 내외를 갈라놓기라도 하겠다는 심산인지, 그걸로 근덕이 버릇을 고칠 수 있다고 생각하는 것인지, 엄마는 아버지의 하는 양이 맘에 들지 않는다.

아버지는 아버지대로 걸레질을 하고 있는 엄마를 보자 속이 상했다.

"연수 니가 좀 해라!"

옆에 서 있던 연수는 전에 없는 아버지의 반응에 얼떨떨한 표정을 지었다.

"놔둬요. 걔가 손모가지에 힘이나 있수?"

엄마는 괜히 딸에게 성화를 부리는 아버지가 얄밉다.

"연수 시켜."

아버지는 화를 참지 못하고 다짜고짜 걸레를 빼앗아 연수 앞으로 던졌다.

"인마, 니가 좀 해!"

연수는 속이 상해 고개를 돌려버렸다. 아버지가 자기한테 왜 이러는지 알 수 없었다. 그런 아버지를 이해할 수 없는 건 엄마도 마찬가지였다. 엄마는 황당한 얼굴로 아버지를 바라보았다.

"이 양반이…."

"제가 할게요."

거실 한편에서 눈치를 보고 서 있던 근덕댁이 달려와 걸레를 집어 들었다.

"너 왜 안 해, 임마! 아버지 말이 말 같지 않아?"

아버지는 연수를 계속 몰아붙였다.

"어제오늘 정말 왜 그러세요? 저두 힘들어요."

연수는 아버지의 이런 태도가 억울하고 답답했다.

"이 자식이…. 뭐 힘들어? 니가 뭐가 힘들어? 돈 벌어서 힘들어? 지금 돈 좀 번다고, 직장 생활한다고 유세해? 벌지 마, 인마! 너 안 벌어두 먹고 살어! 이 자식아! 니가 무슨 공주야? 왜 기집애가 집

안일 하나 안 거들어, 엉? 니 엄마가 종이냐? 니 눈엔 엄마가 종으로 보여, 인마!"

"누가 그렇대요?"

연수는 말도 안 되는 억지를 부리는 아버지 때문에 속이 상했다.

"어디서 말대꾸야!"

아버지는 연수를 때리기라도 할 듯 팔을 번쩍 치켜들었다. 황망히 아버지 앞을 가로막고 선 엄마의 눈빛엔 서운함이 가득했다.

"왜 그래요, 도대체! 힘들게 일하고 들어온 애한테…. 그리고 아무리 처남이 밉다지만 어떻게 처남댁을 집으로 데려오기까지 해요."

"아니에요, 형님. 그게 아니구요…."

근덕댁이 마루를 닦다 말고 황급히 몸을 일으켰다. 이미 서운함으로 입이 터진 엄마는 속에 담았던 말을 쏟아냈다.

"어머니, 나랑 당신 아니면 남들은 보지도 못하는데, 당신이 좀 일찍 들어오지. 술 먹지 말고!"

아버지는 그런 엄마를 잠시 처연한 눈빛으로 바라보았다.

"제발 좀 그러지 마세요. 소리 좀 그만 지르시라구요!"

연수가 들고 있던 물컵을 소리 나게 식탁에 내려놓으며 소리쳤다. 매일 밤 집안을 쑥대밭으로 만들어놓는 아버지의 억지와 폭언을 참을 수 없었던 것이다. 그렇잖아도 영석과의 일 때문에 지칠 대로 지쳐 있던 연수였다.

"저두 힘들어 죽겠다구요!"

찬바람을 일으키며 이층으로 올라가는 연수가 괘씸해 아버지는 버럭 소리를 질러댔다.

"뭐? 힘들어 죽겠어? 이 자식이, 그걸 지금 말이라고 해? 너! 인마! 니가 니 엄마만큼 힘들어? 니 엄마가 지금 어떤 줄이나 알아, 인마?"

연수는 계단을 오르다 문득 멈춰 섰다. 어제부터 술에 취해 들어온 아버지는 계속 알 수 없는 말을 던졌다. 혹시나 하는 생각이 들기도 했지만 엄마에게 무슨 일이 있어 보이진 않았다. 연수는 아버지가 또 말도 안 되는 억지를 부리는 것이려니 생각하고 내처 이층으로 올라갔다.

아버지는 그런 연수의 뒷모습을 바라보다 엄마를 돌려세웠다. 엄마는 왜 또 이러나 싶어 속상한 얼굴로 아버지를 쳐다본다.

"나와. 해줄 얘기가 있어."

"이 밤중에 어딜 나가요?"

"당신 아픈 거, 얼마나 안 좋은지 말해줄게."

"그런 걸 뭣하러 밖에 나가서 말해?"

엄마는 여전히 연수가 마음에 걸려 시큰둥하다.

"얘기가 길어. 나오라면 좀 나와!"

"정말 별일이네."

엄마는 그런 아버지가 마땅찮다.

엄마를 마당으로 데리고 나오긴 했는데 아버지는 도무지 어디서부터 말을 시작해야 할지 난감했다. 당장 내일이면 입원을 시켜야 하고, 수술도 해야 하는데…. 무엇보다도 곤혹스러운 건 아내의 몸 상태가 어느 정도 심각한 것인지를 알리는 일이다.

아버지는 괜스레 담배 연기만 들이켰다.

"말해요, 어서. 그래, 어디가 그렇게 나쁘대요?"

기다리다 못한 엄마가 먼저 말문을 열었다.

"… 다 나쁘대."

단단히 맘을 먹고 한 말이지만 차마 엄마의 얼굴을 바로 볼 수 없어 아버지는 고개를 돌렸다.

"아픈 데가 없는데 어떻게 다 나빠?"

엄마는 말도 안 된다는 듯 흘려버린다. 아버지는 담배 연기를 한 번 더 들이키고 용기를 내어 입을 열었다.

"암이야."

"암?"

엄마는 놀라거나 당황하는 기색이 없다.

"그래."

"무슨 암?"

천진하게 되묻는 엄마의 얼굴을 아버지는 한사코 외면했다. 아내를 똑바로 쳐다보면 꾹꾹 누르고 있는 감정이 울컥 쏟아져 나올 것 같았기 때문이다. 아버지는 입에 올리고 싶지 않았던 말을 어렵게 던졌다.

"… 자궁암."

"초기야? … 안 아픈 거 보니까 초기가 맞나 보네. 그래요?"

엄마는 대수롭지 않다고 믿는 눈치였다. 아버지는 그런 엄마를 처연히 바라보았다.

"자궁 들어내야 해요?"

엄마는 남 얘기하듯 무덤덤하게 묻는다. 아버지는 차마 입이 떨어지지 않아 고개를 떨구고 말았다.

"까짓것 들어내지, 뭐."

엄마는 맹장 수술쯤으로 여기는 모양이었다. 그 정도로 끝낼 수 있는 일이었다면 아버지도 뭔가 할 말이 있을 터였다. 하지만 지금 아내의 몸은 까짓 자궁 하나 들어내는 수술로 해결될 상태가 아니었다.

사람의 목숨이 어쩌면 이렇듯 속수무책일 수 있단 말인가. 명색이 의사라는 작자가 아무런 대책도 말해줄 수 없다는 게 도대체 말이나 되는가. 아버지는 가슴이 답답해 터질 것만 같아 고개를 숙이고 한숨처럼 긴 담배 연기를 토해냈다.

"담배나 좀 꺼요."

엄마는 자신의 병보다 아버지가 뿜어내는 담배 연기가 더 싫은 얼굴이다. 담배를 비벼 끄는 아버지의 얼굴이 굳어 있는 걸 본 엄마가 오히려 달래듯 말을 이었다.

"이제 쓸데도 없는 자궁 들어내는데 뭐가 어때서 그래요? 구파발 선자도, 평창동 계 친구도 들어냈다는데 뭐…. 아이구, 차라리 잘됐어. 혹시나 싶어 나두 조마조마하두만. 이제 이 나이에 애 낳을 일이 있어, 달거릴 할 거야? 아이구, 난 그런 거 하나두 겁 안 나네. 사는 게 무섭지. 그런 게 겁나?"

엄마는 할 말이 다 끝나 속 시원하다는 듯, 집에 들어갈 태세로 옷깃을 여민다.

"어서 들어가요, 청승 떨지 말고. 추워. … 아픈 데도 없이 그런 병이 왜 걸렸대?"

아무렇지도 않은 듯 태연한 엄마가 아버지는 더 마음이 쓰인다.

"… 안 아퍼?"

"아프면, 뭐 대신 아파줄래요?"

아버지는 할 말이 없었다.

일어나 앞서 걸어가는 엄마의 뒷모습을 마냥 바라보기만 하던 아버지는 끝내 눈물이 그렁해져 하늘을 올려다보았다.

연수는 가슴에 커다란 돌덩이를 얹은 듯 답답하고 먹먹해졌다. 영석의 아파트에서 느꼈던 혼란스러움이 채 가시기도 전에 아버지의 분노에 찬 질책까지 뒤집어썼다. 몸과 마음은 지칠 대로 지쳐 있는데 어디 하나 기댈 곳 없이 막막한 기분이다.

누군가의 위로를 기대하며 연수는 잠시 휴대폰을 만지작거린다. 영석의 아파트에서 나오며 전원을 꺼놓았던 휴대폰을 다시 켜고 싶은 간절함 때문이었다.

이런 순간에 가장 절실하게 떠오르는 사람이 영석뿐이라니! 그를 사랑하기 때문에 너무도 당연하고 자연스러운 일인데, 연수는 오늘따라 그것이 당혹스럽고 씁쓸하다.

그의 아파트에서 도망치듯 나오던 순간, 작게만 느껴졌던 자신이 측은하고 미웠다. 어떤 일에도 당당하고 자신감 넘치던 연수였다. 사람들에게 인정받을 수 없는 사랑일지라도 그녀 스스로에겐 거짓 없고 부끄러움 없는 사랑이었다. 그런데 지금 이 순간 그 사랑이 쓰고 아프다.

연수는 한참 만지작거리던 휴대폰을 주머니에 넣고 말았다.

정수 방에서 나오던 외숙모가 연수를 보자 안타까운 얼굴로 말을 건넨다.

"연수야, 너무 속상해하지 마. 아버지가 형님 낼 입원하시는 것 땜에 걱정이 많으신가 봐."

처음에 연수는 그 말을 무심코 흘려들었다. 속 깊은 외숙모가 아버지를 감싸며 자신을 위로하는 말로만 여겼던 것이다. 그런데 문득 석연치 않은 느낌이 들었다.

"누가 뭘… 해요?"

"누가 뭘 하다니…. 형님이 입원하신다잖아. 연수, 너 아직 모르고 있었나 부네?"

연수는 당황했다. 엄마가 방광이 안 좋아 고생하고 있다는 건 짐작하고 있었지만 입원까지 할 정도로 심한 줄은 모르고 있었다.

"한 며칠 걸릴 모양이야. 수술까지 한다던데?"

연수는 가슴이 철렁해 외숙모를 빤히 쳐다보았다.

"얼마나 심하대요?"

"심한 건 아니고, 조금 그렇대. 사실 나두 잘 몰라. 오줌보가 잘못됐다고 그러는 거 같던데. 내가 좀 그렇잖아. 뭘 들어두 통 머리에 안 남아 있어. 워낙 내가 닭대가리잖어."

연수는 속상하고 답답한 마음에 일층으로 내려갔다. 엄마의 몸 어디가 얼마나 안 좋은 건지 알아야 했다.

거실 유리창 밖으로 등을 돌린 채 앉아 있는 아버지의 모습이 눈에 띄었다. 연수는 정원으로 나가 아버지에게 다가갔다.

인기척을 느꼈는지 아버지가 천천히 고개를 돌렸다.

"이리 와 앉아라. 너한테 해줄 말이 있다."

아버지가 담배를 비벼 끄며 마치 기다리기라도 한 사람처럼 담담하게 말했다. 연수는 말없이 다가가 아버지 옆에 놓여 있는 의자에 앉았다. 곧 말을 꺼낼 것 같았던 아버지는 좀처럼 입을 열지 않았다. 연수는 마음이 조급해져 더 기다릴 수가 없었다.

"엄마 수술까지 할 만큼 아파요?"

아버지 얼굴이 고통스럽게 일그러졌다.

"… 암이다."

"예?"

연수는 자신이 잘못 들었다고 생각했다.

"자궁암이야. 모레 수술한다."

연수는 충격으로 머릿속이 멍해지면서 이제야 그런 얘기를 꺼내는 아버지가 어이없고 화가 났다. 다른 사람도 아닌, 엄마가 암에 걸렸다는 사실을, 고작 수술을 이틀 앞두고서야 얘기를 해주다니! 그런 상황도 모르고 자기 일에만 빠져 허우적거렸던 자신은 뭐란 말인가.

아버지는 매사에 그런 식이었다. 늘 독선적이고 위압적인 분위기로 식구들을 지배하려 들기만 했다. 무슨 큰일이 생겼어도 식구들에게 제대로 설명해주는 법이 없었다.

병원이 남의 손에 넘어갈 지경이 되었을 때도 식구들은 까맣게 모르고 있었다. 그러다 나중에야 난데없이 뒤통수를 맞는 격으로, 모든 상황이 끝나 있음을 알게 되었다. 그 일뿐만이 아니었다. 아버지는 어떤 경우에도 식구들의 의견 같은 건 묻지 않고 모든 걸 자기 방식대로 처리했다. 그때마다 다른 가족들은 그 뒷감당을 하느라 꿀 먹은 벙어리처럼 곤욕을 치러야 했다.

이렇게 자신을 죄인처럼 느끼게 만드는 아버지가 연수는 원망스러웠다.

"진작 말씀을 해주셨어야죠."

"니가 언제부터 니 엄말 그렇게 챙겼냐?"

아버지의 말은 잔뜩 뒤틀려 있었다. 연수도 그에 대해서는 대꾸할 말이 없었다. 그 말에서 자신도 비껴갈 수 없다는 걸, 뼈아프게 인정할 수밖에 없었다.

"그럼 수술만 하면 아무 이상 없는 거예요?"

연수는 화가 나는 자신을 겨우 누르며 물었다.

"그래."

아버지의 대답은 왠지 맥이 풀려 있었다. 연수는 불안한 마음에 다짐이라도 받듯 재차 물었다.

"정말이죠?"

"그렇다잖니."

아버지는 또 버럭 짜증을 냈다. 의사가 환자 보호자에게 병세를 설명해주듯 조곤조곤 얘기해줄 거라 기대하진 않았지만, 퉁명스런 아버지의 반응에 연수는 더 물어볼 마음이 들지 않았다.

"정수한테는 말하지 마세요. 아마 충격 받을 거예요. 제가 나중에 얘기할게요."

연수는 먼저 일어나 집으로 들어왔다. 엄마를 직접 보고 확인하고 싶었다. 언제나 그 자리에 똑같은 모습으로 있어왔던 엄마. 치매를 앓는 할머니와 매일 전쟁을 치르면서도 퉁명스럽기만 한 아버지와 다정한 구석 없는 자식들을 모두 받아주고 얼러주던 엄마였다. 그래서 결코 자신의 존재를 드러내본 적이 없는 사람. 그런 엄마에게 가족들은 얼마나 무심했던가.

연수는 거실로 들어서자마자 안방으로 향했다. 그러나 엄마는 거기에 없었다. 할머니 방문도 살짝 열어보았다. 할머니는 잠에 취해 늘어져 있는 외숙모를 내려다보며 혀를 끌끌 차고 있었다.

"이가 소복하네, 드런 년!"

할머니는 마치 원숭이가 이를 잡아먹듯 외숙모의 머리카락을 뒤적이며 뭔가를 자꾸 먹는 시늉을 했다. 연수는 그런 할머니를 우울한 시선으로 보다가 문을 닫았다.

화장실 쪽에서 엄마의 앓는 소리가 들려왔다. 연수는 손잡이를 살짝 당겨보았다. 문은 잠기지 않은 채였다. 엄마는 변기에 앉아 아랫배를 양손으로 꾹꾹 누르고 있었다.

"일 보게?"

힘이 드는지 통증으로 일그러진 엄마의 얼굴이 해쓱하다. 연수는 울컥 슬픔 같은 것이 치미는 걸 누르며 화장실 문틀에 기대섰다.

"… 아뇨."

매번 화장실에 갈 때마다 소변보기가 여의치 않아 끙끙 앓는 어머니의 신음소리를 무심하게 흘려들었던 자신이 죄스러워 연수는 고개를 떨구고 말았다.

"그럼?"

엄마는 볼일을 볼 것도 아니면서 그러고 서 있는 연수가 의아한 모양이었다.

"죄송해요, 몰랐어요."

목이 메어오는 연수의 말에 엄마는 애써 웃음 지었다.

"별거 아니야. 초기는 들어내기만 하면 깨끗하대. 혹시라도 정수 알게 하지 말구. 지레 놀라 펄쩍 뛴다. 물혹 났다구, 아주 쉬운 수술이라고 해. 너무 걱정 말구. 우리 나이엔 이런 수술 많이 한다."

연수는 아직 초기라는 엄마의 말에 다소 마음이 놓였다. 엄마의 상태가 초기 중에서도 아주 초기인 상태, 암이라는 병명만 갖다 붙였을 뿐, 알고 보면 그 정도야 암이라고 할 수도 없는 지극히 양호한 편이라고 믿고 싶었다.

"네…. 아프진 않죠?"

"안 아퍼. 어여 들어가 자. 늦었구만."

대수롭지 않게 답하는 엄마의 태도가 그나마 연수에게 위안이 되어주었다.

연수는 아침에 일어나 회사에 전화부터 했다. 미리 결근계를 내지 못해 전화로라도 사정을 설명하고, 오늘은 엄마 곁에 있고 싶었기 때문이다. 자신이 필요로 할 때마다 언제나 엄마가 옆에 있어주었던 것처럼.

연수는 엄마의 입원 준비를 도우며 불안하고 초조해지는 마음을 진정시키려 애쓰고 있었다. 엄만 늘 그랬듯이 툴툴 털고 일어나 '내가 뭐랬어. 괜찮을 거라고 했잖아.' 하며 씩 웃을 거라고, 연수는 수없이 되뇌고 있었다.

아버지도 불안하긴 마찬가지였는지 대문 앞에서 연신 줄담배를 피우고 있다. 가족들이 병원에 가져갈 짐을 차 트렁크에 싣고 한참을 기다렸는데도 엄마는 나오질 않았다.

"엄마 빨리 나오라 그래. 아버지 또 화내시겠다."

백미러를 통해 아버지의 초조한 모습을 보던 정수가 짜증을 냈다. 아직 아무것도 모르는 정수는 어머니의 수술보다도 아버지의 역정이 더 부담스러운 눈치였다.

엄마는 외출 준비를 모두 마치고 할머니 앞에 앉아 있었다. 할머니가 아침 식사하는 걸 마저 보고 나갈 요량이었다. 오늘따라 할머니는 투정도 부리지 않고 얌전히 밥그릇을 비웠다. 엄마는 할머니 스스로 물까지 마시는 모습을 대견스레 바라보았다.

"어서 가세요. 기다리시나 본데."

밖에서 경적 소리가 들려오자 간병인이 채근을 했다. 엄마가 일어설 기색을 보이자 할머니는 불안한 듯 눈망울을 굴린다.

"아줌마, 어디 가?"

그런 할머니를 떼놓고 가야 하는 엄마의 마음이 무겁다.

"놀러."

엄마는 애써 웃는 낯으로 할머니를 다독거리며 자리를 털고 일어섰다.

"나두 데려가."

할머니가 또 응석을 부리기 시작한다.

"싫어."

엄마의 말이 끝나기가 무섭게 할머니는 들고 있던 물잔을 바닥에 내동댕이치며 역정을 낸다.

"나쁜 년, 기어이 날 버릴라구."

그러더니 엄마의 다리를 붙잡고 매달리기 시작했다.

"나, 데리구 가라, 이년아. 나두 데리구 가! 너 혼자는 못 간다. 이년!"

엄마는 매달리는 할머니를 차마 뿌리치지도 못하고 애가 닳았다. 그런 줄도 모르고 밖에선 연신 엄마를 재촉하느라 경적을 울려댔다.

"나두 데려가라, 응? 나두 데리구 가."

할머니는 눈물이 그렁그렁 맺혀서는 엄마에게 사정을 하고 있었다. 그런 할머니의 애처로운 눈동자가 기어이 엄마 마음을 후벼 파고 말았다.

"곧 와요. 조금만 기다려."

아무리 얘기를 해도 할머니는 막무가내였다. 간병인이 할머니를 겨우 떼어낸 뒤에야 엄마는 납덩이같이 무거운 마음을 안고 집을 나설 수 있었다.

당장 입원을 안 하면 무슨 큰일이라도 나는 것처럼 유난을 떠는 남편만 아니었다면 수술이고 뭐고 다 때려치우고 싶은 게 엄마의 솔직한 심정이었다. 하지만 그랬다간 그 불같은 성질을 어떻게 감당할 것인가.

"수술을 해도 내년 봄에 하자니까. 뭐 대단한 병이라구…. 노친넬 며칠씩이나 떼어놓구 수술하면 퍽두 맘 편하겠다."

엄마는 차에 오르며 속상한 마음을 아버지에게 털어냈다. 다른 때 같으면 아내의 푸념에 뭐라고 면박이라도 줬으련만 아버지는 그저 꾹 다문 입술 사이로 한숨만 내쉬었다.

연수는 그런 아버지도 낯설었지만 자신의 병보다 할머니 걱정을 앞세우는 엄마가 새삼 처연하게 느껴졌다. 그게 엄마였고, 그런 엄마를 당연하다고만 여겨왔었다.

연수는 문득 이런 상황에 자신이 죄인처럼 느껴지는 건 순전히 그런 엄마 때문일지 모른다는 생각이 들었다. 천성이 이타적인 엄마가 곁에 있어서, 자연스럽게 이기적이 되어버린 가족들. 연수는 그런 엄마를 살펴주지 못한 자신에 대한 원망으로 가슴이 먹먹해졌다.

병원에 도착해 입원 수속을 하고 나니 비로소 엄마의 수술이 생생한 현실로 느껴졌다. 엄마 역시 같은 기분인지, 연수와 근덕댁이 병실을 정리하는 동안 침대에 걸터앉아 심란한 표정으로 주변을 둘러보았다. 병실은 비교적 깨끗한 독방이었다.

아버지와 정수가 필요한 물건을 사러 밖으로 나간 사이, 수술을 집도할 장 박사와 윤 박사가 병실로 들어왔다. 엄마는 반가운 손님을 맞듯 환하게 웃었다.

"이게 무슨 호사래? 나 같은 사람한테 박사들이 줄줄이 붙구."

"내일 세 시에 수술할 거예요. 오늘은 수술 전 검사 몇 가지 할 거고. 컨디션은 괜찮죠?"

장 박사가 부드럽게 웃으며 묻자 엄마는 고개를 끄덕이며 윤 박사를 보았다.

"우리 집 양반은?"

"차트 보고 계세요. 같이 들어갈 거예요."

윤 박사의 말에 마음이 놓이는지 엄마의 얼굴이 더욱 밝아졌다.

"뭐니 뭐니 해도 신랑이 좋은가 보네."

"그럼, 좋지."

해죽 웃으며 대답하는 엄마를 보자 연수는 조금 마음이 놓이는 기분이다.

조용히 병실을 나온 연수는 휴대폰에 여러 번 문자와 호출을 남긴 영석에게 전화를 걸었다. 어제 말없이 그의 집을 나온 뒤로 전화를 하지 않고 있었던 것이다.

'아무 일 없는 거지? 어젯밤부터 연락이 안 돼서 얼마나 걱정했는지 알아?'

영석의 걱정스런 목소리가 들려오자 연수는 순간 울컥해지는 걸 느꼈다.

'정말 아무 일 없는 거야?'

"네, 괜찮아요."

그의 목소리가 연수에겐 큰 위로가 되고 있었다.

엄마의 입원 소식을 듣자 영석은 당장이라도 병원으로 오겠다고 했지만 연수는 그럴 수가 없었다. 영석을 엄마의 병실로 당당히 데려갈 수 있는 처지도 아니었고 병원 한쪽에서 가족 몰래 그를 만나고 싶지도 않았다. 게다가 오늘만큼은 엄마 곁을 지켜주고 싶었다.

"제가 상황 봐서 다시 전화할게요."

'꼭 전화할 거지?'

"네. 부인은… 왔어요?"

'아직.'

"그럼 아직두 먹는 게 그렇겠네. 사서 먹는 밥이라두 잘 챙겨 드세요."

전화를 끊고 돌아서던 연수는 병원 안으로 들어서는 인철과 마주쳤다.

"엄만 좀 어떠시니?"

인철이 걱정스레 물었다.

"내일 수술한대요."

"괜찮으실 거야."

인철의 위로가 진심이라는 걸 잘 알면서도 연수는 그 마음마저도 흠뻑 받아들일 수가 없었다. 어제의 언쟁으로 인철이 그녀의 일에 너무 깊숙이 끼어드는 게 불편하게 느껴졌기 때문이다.

"여긴 어떻게 오셨어요?"

"집에 전화했었어. 너, 밥은 먹었니?"

"생각 없어요."

연수는 인철의 안타까운 눈빛을 의식적으로 피하며 돌아섰다. 이상한 일이다. 왜 이 사람의 호의는 늘 당연하거나 지나치다고 느끼는 것일까.

연수는 복잡해지는 마음을 털어내듯 종종걸음 쳐 엄마의 병실로 향했다.

아버지는 정수를 엄마의 병실로 먼저 보내고 장 박사의 진료실로 갔다. 엄마의 수술을 앞두고 장 박사와 윤 박사가 차트를 점검하고 있었다.

아버지도 그들과 함께 다시 엄마의 차트를 보았다. 암세포가 사방팔방으로 번져 어디서부터 손을 써야 할지 판단조차 어렵게 된 엄마의 사진 앞에서, 아버지는 한 가닥 희망적인 단서라도 찾아내려는 듯 안간힘을 쓰고 있었다.

수술을 집도할 장 박사가 더 볼 것도 없다는 듯 단호하게 말했다.

"이곳저곳 들춰내서 좋을 거 하나도 없어. 여기 보이는 이것만 빼내고 나오자고."

아버지는 장 박사의 말을 듣는 둥 마는 둥 손으로 사진을 짚어 가며 막무가내로 설득하려 들었다.

"여긴 어때? 떼낼 수 있을 것 같은데…. 다른 덴 몰라두 여기랑 여긴 어떻게 해줄 수 있을 것 같은데."

장 박사는 말없이 고개를 저었다. 아버지는 구원을 청하듯 윤 박사를 돌아보았다. 그녀로서도 뻔히 보이는 결과를 가지고 이렇다 저렇다 말할 입장은 못 되었다.

"말해봐, 이건 어떻게 할 수 있잖아. 니들이 안 하겠다면 나라도 해!"

"좀 침착해. 수술실 들어가서, 일단 보고 얘기하자구."

장 박사가 아버지를 제지했다.

"장 선배 말대로 하세요."

윤 박사도 아버지의 편이 되어주지 않았다.

아버지는 두 사람의 냉정한 모습에 일말의 배신감마저 느꼈다. 같은 의사로서 냉정함을 잃지 않는 두 사람의 태도는 신뢰할 만했다. 사실 차트만 봤을 때는 그들의 충고가 전혀 틀리지 않다는 것도 알 수 있었다. 하지만 백만분의 일, 천만분의 일이라도 가능성은 있을 수 있다. 그들이 자신과 다른 점이 있다면, 아버지가 믿는 그 마지막 일 퍼센트의 가능성을 그들은 불가능이라 믿고 있다는 것이었다.

그 일 퍼센트가 아버지에겐 유일한 희망이고, 그들에겐 애초부터 불가능한 수치에 불과했다. 아버지가 일반 환자를 보는 의사 입장이었다면 분명 그들과 같은 생각이었을 것이다. 하지만 그 환자가 아내이고 보니 그 불가능한 수치에 마지막 희망을 걸고 있었다.

"자네 심정 충분히 알고 있으니 우선 들어가서 보자구."

아버지의 불편한 심기를 의식한 듯 장 박사가 말했다. 아버지도 더 이상 부질없는 언쟁 따위로 시간을 낭비하고 싶지는 않았다.

입원 첫날 밤, 엄마는 잠자리가 바뀌어 불편한 것과 집에 두고 온 할머니 걱정 빼고는 그럭저럭 괜찮은 밤을 보냈다.

그러나 아버지는 뜬눈으로 밤을 지새우고 있었다. 기적이란 것이 있다면, 내일 엄마의 수술실에서 그것이 일어나기를 바라고 또 바랐다. 살아오면서 지금껏 신을 찾지도, 기도란 걸 해보지도 않았던 아버지다. 그러나 이 밤, 아버지는 부처님과 하나님과 알라신까지… 생각해낼 수 있는 모든 신들을 심장과 머리와 입에 끌어당기며 간절히 기도하고 기도했다.

관계자 외 출입 금지를 알리는 수술실 앞 빨간 표지판이 유난히 낯설고 무섭게 다가왔다. 연수는 엄마가 수술복으로 갈아입는 모습을 보자 더욱 선명하게 다가오는 불안감에 휩싸였다. 정수 역시 병실 복도를 오가며 초조한 빛을 감추지 못하고 있었다.

이윽고 남자 간호사들이 끄는 이동 침대에 수술복 차림의 엄마가 실려 나오자 정수는 겁먹은 얼굴이 되었다.

"엄마, 안 무섭지?"

"으응, 안 무서워, 하나두."

엄마는 어리광이 몸에 밴 막내를 달래기 위해 웃음을 지어 보였다. 연수는 울컥 목이 메어와 아무 말도 할 수 없었다. 곁에 있던 근덕댁은 곧 울음이라도 터뜨릴 것 같은 얼굴이다.

"어떡해요, 형님?"

"괜찮다니까 그러네."

엄마의 눈가에 보일락 말락 이슬이 맺혔다. 연수는 엄마에게 무슨 말이든 하고 싶었지만 울음이 터져 나올 거 같아 아무 말도 하지 못했다. 엄마는 눈에 넣기라도 하듯 연수와 정수를 번갈아 바라보았다.

"갑니다."

이동 침대를 잠시 멈추고 섰던 간호사들이 수술실 쪽으로 걸음을 옮기기 시작했다. 엄마의 모습은 곧이어 빨간 표지판이 내걸린 수술실 안으로 사라졌다.

이제 기다리는 일만 남았다. 연수는 시간이 지날수록 초조하고 불안해져 안절부절못했다. 수술실 앞 보호자 대기석에 앉아 있는 길지 않은 시간이 그녀에겐 마치 몇십 년이나 되는 것처럼 아득하게 느껴졌다.

정수는 흡연실과 병원 복도를 오가며 잘 피우지도 못하는 담배를 줄창 피워대고 있었고, 근덕댁은 화장실에서 혼자 훌쩍훌쩍 울고 있었다.

연수는 수술실 앞 복도에 쭈그리고 앉아 손가락으로 무수한 동그라미를 그렸다. 수술의 성공을 뜻하는 의사들의 오케이 사인을 자신도 모르게 흉내 내고 있는 것이다.

엄마는 아무 일도 없었다는 듯 활짝 웃으며 퇴원할 것이다. 그게 우리 엄마, 김인희 씨다. 연수는 엄마의 얼굴을 떠올리며 불안한 마음을 떨쳐내려 애썼다.

하지만 결국 참았던 눈물이 연수의 뺨을 타고 주르르 흘러내렸다. 순간 복도 저편에 서서 아픈 눈으로 연수를 바라보고 있던 인철과 눈이 마주쳤다. 그의 눈빛은 외면할 수 없는 깊은 신뢰감을 담고 있었다. 연수는 그 눈을 차마 마주할 수가 없어 고개를 돌리고 말았다.

아버지가 일행과 함께 수술실로 들어섰을 때, 엄마는 이미 마취제를 맞고 의식이 없는 상태였다. 아버지는 수술실의 차가운 불빛 아래 누워 있는 엄마를 처연하게 내려다보았다.

생각해보니 아내가 병원 침대에 누워 있는 모습을 그로선 처음 보는 것이었다. 자식을 둘이나 낳았지만 그는 아내의 출산을 지켜봐주지 못했다. 두 아이 모두 공교롭게도 그가 외국에 가 있을 때 아내 혼자 낳은 것이다.

엄마가 병원에 입원한 것은 고작 그 두 번뿐이었다. 평생 투정 한 번 없이 가족들 뒷바라지를 해내던 아내를 아버지는 당연히 건강하겠거니 여기며 살아왔다. 그동안 아픈 데가 왜 없었겠는가. 그저 평생을 시어머니 모시랴, 남편 떠받들랴, 자식들 키우랴 자기 몸을 종 부리듯 했을 아내의 못난 세월이 이제 와 아버지의 손끝을 저리게 만들고 있었다.

아버지는 수많은 수술을 집도한 베테랑 의사임에도 지금 이 순간 몹시 긴장하고 있었다.

장 박사가 침착하게 장갑 낀 손을 들어 간호사를 불렀다.

“메스!”

간호사의 손에서 메스를 건네받은 장 박사가 마침내 아내의 희디흰 속살에 한 줄 획을 그었다. 아버지는 자신도 모르게 두 눈을 질끈 감았다.

아버지는 마음을 진정시키며 흉측하게 갈라진 아내의 뱃속을 들여다보았다. 장 박사와 윤 박사의 표정이 무참하게 일그러졌다. 예상은 했지만 상태가 이토록 심할 줄은 몰랐던 것이다.

암세포가 형성될 때는 대개 두 가지 형태를 갖는다. 하나는 종기처럼 엉겨 있는 형태고, 다른 하나는 꽃가루처럼 분산되어 나타나는 형태이다. 웬만큼 상황이 진전된 경우라 할지라도 암세포가 서로 종기처럼 엉겨 있는 상태라면 눈에 보이는 걸 떼어내는 수술이 가능하다. 그나마 희망이 있는 것이다. 그러나 아내의 몸속에 있는 암세포들은 흩뿌려놓은 꽃가루처럼 사방으로 분산되어 메스를 대는 순간 무서운 속도로 몸뚱어리를 헤집고 다니는 것들이었다.

아버지는 간절히 매달렸던 일 퍼센트의 희망마저 산산이 무너져 내리는 걸 보았다. 지난밤 난생처음 해본 간절한 기도에도 그 많은 신들은 끝내 응답하지 않은 것이다. 장 박사와 윤 박사는 마지막 결정을 기다리듯 아버지를 바라보았다.

아버지는 자는 아내를 깨워 묻고 싶었다.

'이 여편네야! 너 이젠 어떡할래? 그래도 수술을 하는 게 좋겠니? 그렇게라도 해주면 죽어도 덜 서운하겠니….'

그리고 된통 호통을 치고도 싶은 심정이었다.

'이 못된 여편네야! 왜 나한테 이렇게 끔찍한 결정을 하게 만들어! 엉?'

'모든 게 당신 뜻대로예요. 당신이 죽으라면 죽고, 살라면 살지요.'

아내는 마치 그렇게 말하는 사람처럼 아무 불평 없이 잠들어 있었다.

아버지는 넋 나간 사람처럼 잠시 아내를 바라보았다. 이어 참담한 기분으로 돌아서 스스로를 저주하듯 낮은 목소리를 뱉어냈다.

"닫어라!"

아버지는 마스크를 벗어 수술실 한쪽에 내려놓고 문 쪽으로 천천히 걸음을 옮겼다. 이윽고 수술실 벽에 이마를 기댄 아버지의 어깨가 심하게 흔들렸다.

4

"연수야, 니 엄마 아무래도 오래 못 살 것 같다. 죽을 것 같애."

"무슨 말씀이세요? 수술했는데… 왜 죽어요?"

"… 수술 못 했다. 수술할 수가 없었다."

"그럼, 얼마나 사실 수 있는 거예요?

"…."

수술이 잘 된 것인지, 연수의 눈에 엄마는 전과 달라진 게 없어 보였다. 암 환자라곤 느껴지지 않을 만큼 밝은 얼굴에 연수는 내심 가슴을 쓸어내리고 있었다. 처음엔 울고불고하던 외숙모도 엄마를 휠체어에 태워서 병원 복도를 휘젓고 다니며 전처럼 수다를 떨었다. 엄마는 집 걱정만 아니면 며칠 휴가라도 나온 사람처럼 모처럼 한가로운 시간을 보내고 있는 듯했다.

"아이구, 그만 좀 웃겨. 나 배 터진다. 실밥 터져."

엄마는 환자들 틈에 끼어 외숙모의 넉살 좋은 수다에 배를 잡고 웃어대고 있었다. 연수는 그런 엄마를 기분 좋게 바라보았다.

하지만 수술을 마치고 며칠이 지났는데도 아버지는 병실에 얼굴 한 번 비치지 않았다. 꿰맨 자리 실밥을 풀 때도 연수가 엄마를 부축해서 다녀와야 했다. 연수는 수술까지 한 엄마를 나 몰라라 방치하는 아버지의 무심함이 원망스러웠다. 수술이 잘 되어 그런가 보다 하며, 좋은 쪽으로 생각하려 애써봐도 아버지가 지나친 건 사실이었다. 크게 내색하지 않았지만 엄마 역시 속으론 몹시 서운해하는 것 같았다.

아침식사를 기다리던 엄마가 전에 없이 쓸쓸한 얼굴로 창밖을 내다보았다. 며칠 항암 치료를 받고 있는 엄마는 밤에 잠을 잘 이루지 못하고 있었다. 하지만 자식들이나 올케한테는 그런 내색을 전혀 하지 않았다. 연수는 엄마의 어깨를 주무르며 가만히 물었다.

"아버지 오시라고 할까요?"

"병원 일 바쁠 텐데 뭐하러 오라 가라 해. 놔두고 연수 너 일찍일찍 들어가서 할머니 잘 돌봐드려야 한다."

엄마는 여전히 창밖으로 던진 시선을 거두지 못하고 한 손으로 딸의 얼굴을 쓰다듬는다. 연수는 엄마의 시선이 쫓고 있는 게 무언지 알 것 같았다. 집에 혼자 있는 할머니 걱정, 얼굴도 비치지 않는 아버지 걱정으로 엄마는 병원에 앉아 있기가 불편했던 것이다.

연수는 등 뒤에서 가만히 엄마를 안았다.

"연수야."

"네."

"너 몇 살이지?"

"스물일곱 살."

"우리 딸 시집갈 때 다 됐네."

"무슨…. 난 몇 년 더 열심히 일하고, 엄마랑 오래 같이 살다가, 나중에 아주 나중에 자상한 남자 만나서 결혼할 거야."

엄마가 마치 아이를 어르듯 천천히 몸을 흔들었다. 등 뒤에서 엄마를 껴안고 있는 연수도 리듬을 타듯 천천히 몸을 흔들었다.

연수가 어렸을 때 엄마는 속상하거나 힘든 일이 있으면 놀이터에 연수를 데리고 가 함께 그네를 타곤 했다. 어린 연수를 무릎에 앉히고 그네를 태워주는 게 엄마에겐 시름을 털어내는 방법 가운데 하나였던 것이다. 그럴 때마다 연수는 까닭 없이 슬프기도 했고, 기분이 좋아지기도 했다. 흥얼흥얼 엄마의 입에서 흘러나오는 몇 마디 가락에 실려 그네는 천천히, 아주 천천히 움직이곤 했었다.

지금 연수는 엄마의 등에 기대어 어릴 적 그 따뜻했던 고요를 느낀다. 연수는 엄마의 어깨에 얼굴을 더 깊이 묻었다.

"연수야, 뭐 하니?"

한가롭게 몸을 흔들던 엄마가 고개를 돌렸다. 연수는 기분 좋은 미소를 지으며 말한다.

"엄마 냄새."

"나 냄새 나니? 벌써?"

"응, 아주 옛날부터."

"뭐? 어디, 무슨 냄새?"

엄마는 펄쩍 뛸 듯이 놀라며 연수를 빤히 쳐다보았다. 연수도 엄마의 얼굴을 빤히 바라보았다.

'엄마한텐 좋은 냄새가 나요. 어릴 적부터 그 냄새가 얼마나 좋았는지 몰라요.'

그 말을 하려다 문득 목이 메어왔다. 연수는 엄마의 시선을 피하며 얼버무렸다.

"화장품 냄새."

"기집애! 병원 냄새지, 화장품은 무슨."

밉지 않게 딸을 흘겨보는 눈가에 어느덧 골이 깊어진 주름이 보인다.

"너 그 선배한테 좀 싹싹하게 굴어."

엄마가 뜬금없이 인철 선배 얘기를 꺼낸다. 연수가 없는 동안 인철이 여러 차례 병원을 다녀갔다는 건 알고 있었다.

"엄만 그 사람이 참 마음에 들더라. 사람이 그렇게 한결같기도 쉽지 않은데…."

연수는 엄마가 무슨 말을 하고 싶어하는지 알고 있기에 말을 끊고 끼어들었다.

"엄마, 그 선배랑 나, 엄마가 생각하는 그런 사이 아니에요."

"남녀관계라는 게 어디 처음부터 작정하고 시작하기만 하디?"

“그런 거 아니라니까.”

연수가 곤혹스러워하던 참에, 외숙모가 식판을 들고 안으로 들어섰다. 연수는 외숙모가 엄마의 식사를 도와주는 모습을 잠시 지켜보다 출근을 위해 병실을 나섰다.

연수는 출근하는 차 안에서 엄마의 충고를 되뇌어보았다.

‘선배한테 좀 싹싹하게 굴어. 네 성질 별난 거 세상이 다 아는데, 아직 그만한 걸 보면 그 사람 그릇도 보통은 넘는다. 엉뚱한 사람 마음고생 시킬 작정 아니라면 맺든 끊든 깔끔하게 해.’

엄마 말대로 인철은 한결같은 사람이다. 그것이 때론 연수를 부담스럽게 하기도 하고 미안하게 하기도 했다.

연수는 사무실에 도착하자마자 인철을 찾아 나섰다. 인철은 백화점 지하 작업장에서 인부들과 섞여 일하고 있었다. 디자이너가 직접 나설 필요는 없는데도, 인철은 중요한 인테리어는 꼭 직접 공구를 들고 작업하려 했다.

연수는 요란한 그라인더 소리가 귓전을 때리는 작업장을 가로질러 가서 인철의 어깨를 툭 쳤다.

“간식대예요.”

연수가 건넨 봉투를 뒷주머니에 찔러 넣으며 인철은 지나가는 말처럼 묻는다.

“김정은 씨는 어디 가고, 니가 이런 걸 가져오니?”

"제가 대신 전해준다고 자진했어요."

연수는 한껏 명랑한 어조로 대답했다. 인철은 그라인더 스위치를 끄며 조금 멍해진 눈길로 연수를 바라보았다.

"잠깐 얘기 좀 해요."

연수의 말에 인철은 얼마쯤 긴장하는 표정이었다.

이윽고 인철이 작업장 뒤편으로 연수를 안내했다.

"선배를 잃고 싶지 않아요."

작업장 한쪽에 쌓아둔 자재더미에 쪼그려 앉은 채 연수가 말을 꺼냈다.

"하지만."

연수는 잠시 말을 끊고 인철을 바라보았다. 그의 눈빛이 흔들리는 것이 느껴졌다. 연수는 그에게 꼭 해야 할 말이 남아 있었다.

"사랑하진 않아요."

인철은 아무 말도 하지 않았다. 인철에겐 잔인한 말이 될지라도 연수는 그것이 그를 위해 자신이 할 수 있는 최선의 배려라고 생각했다. 자신에 대한 어떤 기대나 미련을 갖지 않도록 해주는 것. 인철이 받을지도 모를 상처를 미리 막아주는 것. 연수가 이 고마운 선배를 위해 할 수 있는 일은 그것뿐이었다.

"선밴 내게 그림자 같은 사람이에요."

다시금 무거운 정적이 두 사람 사이에 가로놓였다. 그 정적을 깨고 인철이 읊조리듯 말을 던졌다.

"그 사람 만나면 편하니?"

"네."

연수는 그가 일말의 미련조차 갖지 않도록 단호하게 대답했다. 인철은 씁쓸하게 웃어 보였다.

"밥 먹을 때, 내 앞에서처럼 편하게 먹을 수 있어? 손으로 김치 찢어가면서 말이야."

그럴 수 없기 때문에 그 사람이 특별한 거라고, 사랑이라는 감정은 편안함보다는 특별함이라고 말하려다, 연수는 문득 입을 다물어버렸다. 인철이 주는 편안함도 연수에겐 특별했다. 연수는 그것마저 부인하고 싶지는 않았다.

"올라가봐라."

인철이 연수를 돌아보며 희미하게 웃었다. 다소 어색해 보이는 그의 미소는, 너무나 공허한 나머지 오히려 속이 더 깊어 보이는 빈 우물 같았다.

"저번에 내가 심하게 말한 거, 잊어버려. 쓸데없는 질투였다."

인철이 일어서는 연수의 손을 잡았다.

"다치지 마라."

그 말에 담긴 인철의 순수한 배려가 따뜻하게 전해져왔다. 연수는 말없이 고개를 끄덕이고 작업장을 걸어 나왔다.

"그거 왜 빼요? 치료 다 끝났어요?"

간호사가 엄마 팔목에 꽂혀 있는 항암 치료제 주삿바늘을 빼는 걸 보고 근덕댁이 놀라 물었다. 엄마도 당황한 얼굴로 간호사를 쳐다보았다. 간호사는 근덕댁이 묻는 말엔 대꾸도 없이 기둥에 매달린 링거 병을 거둬들이고 있었다.

"이상하다, 아직 안 끝난 것 같은데…."

근덕댁이 중얼거리자 간호사가 엄마를 보고 묻는다.

"오늘은 간밤처럼 어지럽거나 떨리고 그렇지 않으시죠?"

"네…."

엄마는 뭐가 잘못된 건가 불안한 마음이 들었다. 근덕댁이 돌아서 나가려는 간호사를 붙잡았다.

“근데, 우리 형님 어젠 왜 그런 거예요?”

간호사는 대꾸 대신 뭔지 모를 어색한 미소만 지어 보이곤 병실을 나갔다. 무안해진 근덕댁이 간호사의 뒤통수에 대고 큰 소리로 이기죽거린다.

“병원 사람들은 너무 잘나서 그러나, 어째 묻는 말에 대답을 안 한대.”

엄마는 주삿바늘이 뽑혀 나간 팔목을 멍하니 바라보았다. 암이라는데 항암 치료제는 왜 빼 갈까. 간호사의 태도가 어쩐지 의심쩍었다. 어젯밤 몸살이 나는 것처럼 춥고 어지러웠는데, 그렇다면 약을 더 줘야지 왜 멀쩡한 주사약을 걷어 가는 것인지 통 납득할 수가 없었다. 이럴 때 의사인 남편이라도 곁에 있으면 무슨 일인지 물어보기라도 하련만….

“고모부가 오셔야 퇴원을 할 것인지, 상태가 어떤지 속 시원히 알 텐데. 바람이 나셨나, 어째 요즘 통 안 오시네요.”

올케의 말에 엄마는 그동안 꾹 참고 있었던 서운함을 그대로 내비쳤다.

“그새 지겹나 보지. 무심한 인간. 지 여편네가 아픈지 어떤지 궁금하지도 않나? 벌써 며칠을 안 오는 거야.”

“남자들은 다 그래요. 그저 지들만 알지.”

근덕댁은 모처럼 말이 통한다 싶었던지 일장 연설을 늘어놓을 기세다.

"난 가끔 그런 생각이 들어요. 남자들이 여자처럼 멘스를 했으면 하루걸러 한 번씩 전쟁이 났을 거예요. 그게 얼마나 아파요? 그걸 못 참아, 괜히 여기저기 총질만 해댈 거라구요. 으이구, 징그런 족속들."

근덕댁은 진저리를 치며 식판에 담긴 밥그릇 뚜껑을 열었다. 엄마는 수저를 들 생각도 없이 조용히 창밖으로 시선을 던진다.

나무들이 하루가 다르게 헐벗은 꼴로 야위어가고 있다. 그 광경을 바라보는 엄마의 마음도 스산하기만 하다. 문득 저게 인생이려니, 저렇게 야위어가다 마침내는… 이 세상 훨훨 떠나가는 거겠지. 그런 상념에 빠져 있는 엄마의 눈가에 문득 푸르스름한 그늘이 내려앉았다.

성마르고 목석같은 남편이지만 이렇게 쓸쓸하고 아쉬울 때, 가장 생각나는 건 그 사람뿐이었다. 도대체 몇 날 며칠 코빼기도 안 비치고 어디서 뭘 하고 있는 것인지, 엄마는 서운하다가 문득 걱정이 되기 시작했다.

아버지는 며칠째 엄마의 병실 근처만 맴돌 뿐 선뜻 발을 들여놓지 못하고 있었다.

머리카락 한 올만큼의 희망이라도 남아 있다면 엄마의 수술에 모든 걸 걸어보려고 했다. 그러나 이제는 그 실낱같은 기대조차 물거품이 되어버렸다. 마지막 기대마저 무너지자 아버지는 깊은 허탈감에 빠져 헤어날 수가 없었다. 온 세상이 절망의 늪으로 바뀌어 버린 듯 쓸쓸하고 아득하기만 했다.

결국 아내를 위해 의사인 자신이 할 수 있는 일은 아무것도 없었다. 남편으로 아내를 살갑게 보살펴준 적도 없었고, 가장으로 든든한 버팀목 노릇도 제대로 해주지 못했다. 그 모든 것을 의사 남편이라는 허울로 보상해줄 수 있을 거라고 믿었다. 하지만 자신은 아무것도 아니었다. 아내가 그 지경이 되도록 방치한 것도 자신이었고, 결국 손 한 번 쓰지 못하고 죽음으로 달려가는 아내를 지켜보는 일밖에 할 수 없는 자신이었다.

아버지는 곧 항암제 치료로 극심한 고통에 시달리게 될 아내를 볼 면목도, 용기도 나지 않았다. 이제 머리카락이 빠지고 체중이 하루가 다르게 줄어 마른 꽃처럼 앙상해질 엄마의 모습을 떠올리는 것만으로도 심장이 끊어질 듯 아팠다.

"애들한테 말하세요."

답답한 심정에 윤 박사를 찾아갔지만, 윤 박사는 아버지에게 피하고 싶은 숙제 하나를 던졌다. 아버지는 엄마의 죽음을 아직 인정하고 싶지 않았다. 갈피를 잡지 못하고 방황하고 있는 아버지에게 윤 박사의 숙제는 버겁고 고통스런 일이었다. 엄마의 죽음을 가족들에게 알릴 마음의 준비가 되어 있지 않았다.

아버지는 들고 있던 담배를 신경질적으로 종이컵 속에 비벼 넣었다. 그런 충고 따윈 듣고 싶지 않았다. 윤 박사는 그런 아버지의 심경을 알았지만 짐짓 모르는 체 차분하게 말을 이어갔다.

"정 선배 맘 알아요. 기적도 있을 수 있을 거예요. 나도 그렇게 믿고 싶구요. 하지만 기적이 일어날 때 일어나더라도 현재까지의 상황이 어떤지는 연수, 정수한테, 그리구 언니한테도 말해야 한다고 생각해요."

"뭘? 뭘 말해?"

아버지는 아무것도 모르고, 아무것도 인정할 수 없다는 듯 거칠게 따져 물었다.

"시간… 없어요."

"시간 많아. 죽는 데 무슨 시간이 필요해? 저승에 옷가지를 싸 갈 거야, 집을 지어 나를 거야. 죽는 덴 일 분도 안 걸린다구. 장사 치르는 덴 삼 일이면 돼. 아직 시간 많아."

아버지는 엄마를 보낼 준비가 되어 있지 않았다. 아니, 피하고 있었다. 그걸 받아들이기가 겁나고 두려웠다. 아버지는 도망치듯 자리를 박차고 일어났다.

"정 선배!"

윤 박사가 아버지를 막아섰다.

"우리 이럴 게 아니라 바깥으로 좀 나가요. 바람이라도 쐬면 기분이 나아질 거예요."

아버지는 윤 박사와 병원 뒤뜰 공원으로 나왔다. 찬바람을 쐬니 답답했던 마음이 조금은 풀리는 기분이었다. 아버지는 벤치에 앉아 바람에 몰려다니는 낙엽들을 바라보며 길게 담배 연기를 내뿜었다.

"저두 하나 주세요."

아버지가 윤 박사에게 담배를 건네주었다. 담배에 불을 붙여 한 모금 깊이 들이마신 그녀가 허공을 응시하며 입을 열었다.

"가끔 죽음을 앞둔 환자들을 보면서 난 그런 생각을 해요. 저들은 행복하다, 저들의 가족은 행복하다."

아버지는 윤 박사의 말이 뜬금없어 고개를 돌렸다.

"난 가끔 집행을 앞둔 사형수한테도 그런 생각을 가져요. 저 사람들은 행복하다."

"무슨 소리야?"

"그들에겐 삶을 정리할 기회가 주어진단 말이에요. 사형 선고를 받은 환자와 가족들은 엄청난 고통의 대가로, 건강한 사람들은 결코 누리지 못하는 삶의 정리 기간을 가져요. 미안해했던 사람에겐 미안하다 말할 기회를 갖고, 마저 사랑하지 못한 사람에겐 사랑한다는 말을 할 기회를 갖죠."

윤 박사는 몇 년 전 교통사고로 부모를 한꺼번에 잃었다. 유언 한마디 남기지 못하고 졸지에 참변을 당한 부모에 대한 회한 때문이었을까. 윤 박사의 눈시울이 잠깐 붉어지는가 싶었다. 이어 그녀는 재빨리 감정을 수습하고 담담한 얼굴로 아버지를 바라보았다.

"연수와 정수한테 그 말을 할 기회를 주세요. 그리고 언니한테도 삶을 정리할 시간을 주세요."

아버지는 곤혹스러운 심경으로 윤 박사의 눈길을 외면했다.

"그 기회마저 선배가 빼앗을 순 없어요…. 원망 사실 거예요."

윤 박사의 충고가 아버지의 가슴을 아프게 찔렀다.

"상관없어! 맘껏 원망하라고 해! 그까짓 거 하나도 안 무서워."

결국 아버지는 도망치듯 그 자리를 박차고 나와버렸다. 윤 박사의 말이 백번 옳다는 걸 아버지도 공감하고 있었다. 하지만 그것이 자신의 일로 닥치고 나니 그저 혼란스럽기만 했다.

연수는 업무차 들른 영석과 백화점 커피숍에 마주 앉았다. 오늘따라 영석의 얼굴이 유난히 초췌해 보였다. 안주인의 손길을 못 받은 남자들은 다 저런 얼굴일까. 연수는 문득 전과 다르게 많이 추레해진 아버지의 모습을 떠올렸다.

영석은 커피를 한 모금 마시며 조금은 풀죽은 목소리로 묻는다.

"엄마 간호한다고 얼굴이 무척 까칠하다. 힘들지?"

"간호는 무슨 간호…. 퇴근하고 가면 얼굴이나 잠깐 보고 오는 게 고작인데. 근데, 거긴 왜 그래요? 넥타이도 구겨지고…. 부인 언제 와요?"

연수는 자신보다 영석이 더 마음에 걸린다. 영석은 희미하게 미소를 지을 뿐이다.

"… 언제 퇴원하셔?"

"잘 모르겠어요."

"무슨 소리야?"

영석은 의아한 듯 물었다.

"아버지 성격이 원래 그래요. 말씀을 잘 안 하세요."

아버지 생각을 하면 연수는 어쩔 수 없이 얼굴이 굳어지고 만다. 분위기도 바꿀 겸 연수는 마음에 담아두었던 말을 던지며 웃었다.

"그런데 당신은 참 자상해요. 난 그게 좋아요."

영석도 기분 좋게 웃었다.

"담당 의사한테 묻지?"

"퇴근하고 가면 뵐 수가 있어야죠."

"항암 치료가 고통스럽다던데, 어머닌 잘 견뎌내시는 것 같아?"

"그러신 거 같아요. 심한 차멀미 증상 같은 게 있긴 하신데, 구토도 없고 머리숱도 여전하세요."

"다행이네. 오늘 밤에두 가지?"

연수는 가만히 눈으로만 대답했다.

"어머니가 빨리 완쾌하시길 빌어. 우릴 위해서라도 말야. 이러다니 얼굴 잊어 먹겠다."

은근한 감정이 담긴 영석의 눈빛이 연수를 행복감에 젖게 했다.

백화점 커피숍을 나온 영석이 말없이 연수의 팔을 잡아끌었다.

그는 비상구로 통하는 문을 열고 숨기듯 연수를 밀어 넣었다.

연수는 잠시 그의 두 팔에 안겨 심장이 뛰는 소리를 들었다. 심장의 고동 소리가 마치 겨울 바다에서 듣는 파도 소리 같았다. 무겁고 깊은 파도 소리.

연수는 문득 한기를 느꼈다. 그의 품에 안겨 있는데도 한기가 느껴지다니. 그래, 파도 소리 때문이야. 그 겨울 파도 소리 때문이라구…. 연수는 그렇게 생각하며 스르르 눈을 감았다.

그가 손으로 볼을 감싸며 그녀의 입술을 찾고 있다. 그의 손바닥에서 뜨거운 열기가 쏟아져 나와 연수의 양 볼을 후끈 달게 했다. 연수는 정신이 어찔해, 다가오는 그의 입술을 손으로 막으며 계단 아래로 한 발 물러서고 말았다.

연수는 당황하는 영석을 안타까운 눈으로 바라보았다.

"… 자꾸 욕심이 생겨요. 처음엔 당신을 보는 것만으로도 참 좋았어요. 아, 저 사람 눈은 저렇게 생겼구나. 아, 저 사람은 저렇게 말하는구나. 그렇게 하나하나 알아가는 게 기뻤어요. 그러다, 당신의 손을 잡았는데… 그때부터가 문제였던 것 같아요. 당신을 보면, 자꾸 손만 잡고 싶었어요."

연수는 계단 옆 벽에 몸을 기댄 채 자신의 발끝을 내려다보며 담담하게 말을 이었다.

"… 그리구, 이젠 자꾸 안고만 싶어요. 그래서 그래요. 입 맞추게 되면 자꾸 입 맞추고 싶고, 아마 그 다음엔 자고 싶어질 거예요. 그러다 혼자 남는 게 싫어지고, 당신 보내는 게 싫어지고… 그러면 당신 힘들어지잖아요."

그녀의 씁쓸한 미소가 건물 꼭대기까지 이어진 비상구 난간 위쪽으로 공허하게 번져 나갔다. 영석의 얼굴도 얼마쯤 그늘져 있었다.

그의 손길이 다시 연수의 얼굴을 어루만진다. 그 손길에 빠져드는 자신을 애써 추스르기라도 하듯 연수는 물끄러미 허공을 바라보았다. 까닭 모를 비애감으로 연수의 눈가가 붉어졌다.

그의 얼굴이, 그의 눈빛이 천천히 연수를 향해 다가왔다. 한 움큼의 비애가 오히려 연수를 격정에 빠져들게 한 걸까. 그녀의 몸이 천천히 그에게로 이끌렸다. 연수는 무너지듯 고개를 숙이며 눈을 감았다.

순간 두 사람을 잡아 세우기라도 하듯 주머니 속의 휴대폰이 정적을 가르며 울려댔다.

"아주 때맞춰 잘 오네요."

휴대폰을 꺼내며 연수가 겸연쩍게 웃었다. 뜻밖에도 전화를 건 사람은 아버지였다.

노을빛이 유난히 붉은 저녁이다.

아버지는 딸의 사무실이 있는 백화점 옆 공원에 앉아 지나가는 행인들을 쓸쓸하게 바라보고 있다. 연말이 가까운 백화점 주변이 늘 그렇듯, 사람들은 저마다 쇼핑백이며 선물 꾸러미들을 한 아름씩 안은 채 어디론가 분주히 가고 있었다. 그들은 사랑하는 사람에게로, 혹은 따뜻한 가정으로 돌아가 선물을 전하고, 또 내일의 사랑을 약속할 것이다.

아버지는 더 이상 희망 따위에 속고 살진 않는다. 아침이 와도 희망 같은 건 없다. 고집스레 아등바등 살아왔지만 언제 쫓겨날지 모르는 무능한 월급쟁이 의사, 이것이 육십 평생 아버지가 일궈온 현실이었다.

더할 것도 덜할 것도 없이 아버지에게 삶은 진흙탕이었다. 그동안 이 진흙탕을 먼지 나는 신작로쯤으로 여기게 해준 고마운 이가 있었기에 그런대로 살 만한 세상이었다. 아내라는 존재가 없었더라면 아버지는 반 그릇의 밥도 채우지 못한 인생의 낙제생으로 남았을 터였다. 아내는 기꺼이 자신의 몸을 던져 아버지 인생의 나머지 절반을 채워주었다.

세상이 왜 이다지도 불공평한가. 속절없이 죽어가는 그 착한 아내만 생각하면 아버지는 제가 내쉬는 숨조차 비열하고 역겹게 느껴졌다. 바보같이 착하기만 한 아내는 평생 저 고생시키고 무책임했던 남편에게 아무런 원망도 하지 않는다. 아버지는 그것이 더 마음 아프고 화가 나는 것이다.

"아버지?"

언제 왔는지 연수가 살그머니 아버지 곁으로 와 앉는다. 어릴 때 함께 시간을 보낸 기억이 별로 없는 부녀라 그런지 늘 서먹서먹하다. 어떻게 이야기를 꺼내야 하나, 아버지는 쉽게 입이 떨어지지 않았다.

"연수야."

연거푸 담배를 세 대나 태우고서야 아버지는 조용히 딸의 이름을 불렀다. 어둠이 짙어가는 하늘에 망연히 시선을 던지던 아버지는 크게 심호흡을 하더니 결심이 선 듯 말을 이었다.

"니 엄마…."

연수는 석연찮은 예감에 가슴이 뛰기 시작했다.

"니 엄마 아무래도 오래 못 살 것 같다."

아버지는 단숨에 말을 뱉어버렸다. 연수는 잘못 들었거니 하고 아버지를 보았다.

"죽을 것 같애."

고통스럽게 내뱉는 아버지의 말에 연수는 순간 아연해졌다. 아버지가 지금 말도 안 되는 소리를 하고 있다. 연수의 눈가가 파르르 떨려왔다.

"무슨 말씀이세요?"

"말한 그대로다. 오래 못 살고 죽을 것 같다."

자신을 외면한 채 한숨처럼 뱉어내는 아버지의 말을 연수는 도저히 믿을 수 없었다. 제발 진실을 말해달라고 호소하듯, 연수는 아버지의 어깨를 잡아 흔들며 다그쳤다.

"무슨 말씀이냐구요, 그게. 수술했는데… 왜 죽느냐구요?"

"… 수술 못 했다."

아버지의 어깨는 무력하리만큼 힘이 빠져 있었다. 아버지는 자꾸 붉어지려는 눈시울을 연수에게 보이지 않으려 고개를 돌렸다.

"수술 못 했다. 수술할 수가 없었다."

연수는 아직도 아버지의 말을 이해할 수 없었다. 불과 며칠 전만 해도 수술하면 완쾌될 거라던 엄마가 오래 못 살고 죽을 거라니…. 이런 기도 안 차는 얘기가 어디 있단 말인가. 연수는 화가 치미는 걸 가까스로 누르고 입을 열었다.

"아버지 말씀, 무슨 말인지 하나도 모르겠어요. 그래요, 그렇다고 해요. 그럼, 얼마나 사실 수 있는 거예요?"

"한 달… 두 달…. 나두 잘 모르겠다."

연수는 마침내 폭발하고 말았다. 어떻게 아버지 입에서 이런 무책임한 말이 나올 수 있는가. 연수는 원망에 가득 찬 눈으로 아버지를 노려보며 경멸하듯 외쳤다.

"어떻게 그럴 수가 있어요? 아버지가 의사신데, 어떻게 그 지경까지 갈 수 있어요? 아버지, 의사잖아요?"

아버지는 참담한 얼굴로 고개를 떨궜다. 의사이기 때문에 더 할 말도, 더 손써볼 일도 없는 자신을 아버지 또한 용납하지 못하고 있었다.

"아니에요, 아니에요!"

절규하듯 외치는 연수의 뺨에 눈물이 흘러내렸다. 연수는 믿고 싶지 않았다. 예전부터 아버지는 연수에게 깊은 신뢰를 주는 사람이 아니었다. 아버지가 또 무엇인가 잘못 알고 있는 거라고, 연수는 그렇게 믿기로 했다.

"갈게요."

연수는 아버지를 공원 벤치에 혼자 남기고 매몰차게 돌아서 나왔다. 아버지가 말하는 진실을 그 공원에 버리고 오는 심정으로, 연수는 뒤도 돌아보지 않았다.

그날 밤, 연수는 윤 박사를 찾아갔다.

"전, 아버지 안 믿어요."

연수는 엄마에 대한 아버지의 이야기를 윤 박사가 부정해주길 바랐다.

"아버진 의료사고를 내 멀쩡한 사람을 죽인 적도 있어요. 그 때문에 병원이 넘어가고, 할머니가 정신을 놓고, 불같은 아버지 성질 무서워 가뜩이나 기 못 펴고 살던 엄마랑 우리는 더 힘들어졌어요. 아버지는 의사로서도, 아들로서도, 남편으로서도, 또 아버지로서도 실패한 사람이에요. 그런 사람 말을 곧이곧대로 믿고 덩달아 포기할 순 없어요."

"그렇게 말하지 마. 그건 어쩔 수 없는 의료사고였어."

"어쩔 수 없는 상황이 아버지한테만 있었던 건 아니에요."

윤 박사의 단호한 설득에도 연수는 좀처럼 아버지를 향한 불신의 벽을 허물어뜨리지 않았다. 아버지를 믿는다는 건 엄마가 죽게 된다는 걸 받아들여야 하는 것이기에, 아버지는 정말 믿지 못할 사람이어야 했다.

윤 박사가 어린 조카 달래듯 침착하게 말했다.

"그 환자는 급성 위궤양으로 아버질 찾았어. 큰 병원으로 옮기기엔 이미 늦은 상태였고, 수술은 성공적이었어."

"그런데 환자가 깨어나지 못했죠. 간이 나빴다죠? 당시 아버지는 그 환자를 치료해 명의 소리를 듣고 싶었겠죠. 그 명성에 대한 욕심 때문에 무리하게 수술하셨던 거예요."

"아니, 그 당시엔 간의 상태보다 위의 상태가 더 급하다는 판단 때문이었어. 그 환잔 아버지가 수술 안 했으면 길거리에서 바로 객사했을 거야. 단 한 번의 희망도 가져보지 못하고."

윤 박사의 차분한 설득은 연수가 듣고 싶었던 말이 아니었다.

"전 지금 엄마 얘길 묻고 있어요. 아버지 의견이 아닌 아줌마 의견을 듣고 싶어요."

"… 마음의 준비를 해."

"무슨 근거로 그렇게 단언하세요?"

윤 박사까지 그렇게 얘기하자 연수는 참담한 기분이 들었다. 아니라고, 엄만 괜찮을 거라고 얘기해주길 바랐다. 연수는 자기도 모르게 버럭 화를 내고 말았다.

"수술 전에 뭐라고 하셨어요? 초기라구 했죠? 수술하면 깨끗하다고 했죠?"

"처음 수술에 들어갈 때도 기대는 없었어. 암세포가 이미 임파선을 타고 여러 곳으로 전이된 상태였어. 큰 것만이라도 떼내려고 개복했던 거야."

"그런데요?"

연수는 쏟아지려는 눈물을 오기로 참으며 되물었다.

"할 수 없었어. 장기에 암세포가 엉겨 도저히 손을 못 댈 지경이었어."

"그래서요?"

연수의 반문은 점점 증오와 경멸로 바뀌어가고 있었다.

"… 손도 못 댔어. 간을, 위를, 허파를 모두 도려낼 순 없었어."

"그래도 해봤어야죠! 박사가 서너 명이나 달라붙었으면서 왜 우리 엄마 한 사람을 못 살려냈어요? 살려냈어야죠!"

연수는 발악하듯 소리쳤다. 엄마가 그 지경이 되도록 수수방관만 하고 있었던 모든 사람들, 연수는 그들 모두를 향해 절규하고 있었다. 그리고 그 첫 번째 증오의 대상은 고통스럽게도 자기 자신이었다.

"… 믿을 수 없어요. 어떻게 우리가, 우리 엄마가 그렇게 될 때까지 모를 수가 있어요. 자식인데, 남편인데."

"그게 암이야. 발견하기 전엔 모르구, 설사 발견했다 하더라도 그땐 이미 늦구. 그게 암이야."

"싫어요. 난 안 믿을래요."

연수는 세차게 고개를 흔들었다. 그녀는 눈물로 엉망이 된 얼굴을 자꾸 가로저으며 모질게 입술을 깨물었다.

"아줌마도, 장 박사 아저씨도, 아버지도 모두 욕심 없는 분들인 거 알아요. 그래서 더 포기하기가 쉬웠겠죠. 전 안 그래요. 포기 안 할 거예요."

"포기해야 돼."

윤 박사의 어조는 단호했다. 연수는 그에 반발하듯 더욱더 매몰차게 말을 이었다.

"안 해요. 자식이 어떻게 엄말 포기해요? 아줌마 같으면, 아줌마 부모라면 포기하겠어요?"

"… 곁에서 포기하지 않으면 엄마가 더 힘들 거야."

순간 연수의 눈가에 독기가 서렸다.

"아버지가 포기하자고 아줌말 설득했죠? 부딪쳐 싸우기보단 피하는 데 능한 분이니까, 분명 그러셨을 거예요. 전 포기 안 해요. 엄말 포기한 아버질 용서하지 않을 거예요."

"내 말 잘 들어. 우린, 장 박사님과 나는 아주 오래전에 포기했어. 하지만 아버진, 지금 포기하신 거야."

윤 박사는 '지금'이란 단어에 또박또박 힘을 주어 말했다. 연수는 온몸의 힘이 쭉 빠져나가는 걸 느꼈다.

이미 모든 상황은 끝나 있었다. 엄마에 대한 일말의 가능성은 모두의 손을 거쳐 폐기 처분된 뒤였다. 당혹스러움으로 멍해 있는 연수에게 윤 박사가 아프게 덧붙였다.

“분명히 말하지만, 가능성이 있는데 손을 놓는 게 아니야. 엄마의 고통을 줄이는 방법으로 포기하는 길을 택한 거야. 이제 우리가 엄마한테 해줄 수 있는 게 그것밖에 없어서야.”

자신에게 남아 있는 게 고작 엄마를 포기하는 일뿐이라니…. 연수는 누군가 심장을 쥐어짜기라도 하는 것처럼 쓰라렸다. 아버지 말대로 집에 와선 손 하나 까딱 않고, 그것도 모자라 늘상 바깥일 힘들다고 짜증이나 내던 딸이, 마지막으로 엄마를 위해 할 수 있는 일이 엄마를 포기하는 일뿐이다.

“전 이제 어떡해야 하죠?”

연수는 막막한 심정으로 물었다.

“글쎄, 나 같으면 어떻게 했을까.”

윤 박사는 물기 어린 눈으로 자신을 바라보는 연수를 향해 쓸쓸하게 웃었다.

“우리 부모님은 차 사고로 한순간에 돌아가셨어. 장사 치를 땐 모르겠더니, 묻고 집에 오니까 그때부터 눈물이 나더라. 그게 꼬박 일 년을 넘게 갔어. 밥을 먹다가, 일을 하다가, 잠을 자다가, 그렇게 아무 데서나 눈물이 났어. 받은 건 태산 같은데 해드린 건 하나 없는 내가 미워 눈물이 나더라구.”

윤 박사의 독백은 장차 연수의 독백이 되기도 할 터였다. 그녀는 자식이라면 누구나 겪어야만 하는, 부모의 죽음을 먼저 겪은 슬픔의 선배로서 연수에게 차근차근 조언의 말을 건넸다.

"연수야, 넌 그러지 마. 네가 받은 만큼, 받은 것의 만분지 일이라도 돌려드려. 할 수 있는 건 다 해. 밥두, 빨래두, 세수도 시켜드려. 네가 어른이란 걸 알려드려. 니 걱정 때문에 가시는 길 무겁게 하지 말구."

"… 전요, 아줌마, 전 아무것도 모르겠어요. 사람은 다, 한 번은 다 죽는데, 우리 엄마가 죽게 될 줄은 정말 몰랐고, 딸들은 다 도둑년이라는데 제가 이렇게 나쁜 년인지 전 몰랐어요. 지금 이 순간두 난 우리 엄마가 얼마나 아플까보다는 엄마가 안 계시면 난 어쩌나, 그 생각밖에 안 들어요. 엄마가 없는데 어떻게 살까, 어떻게 살까, 그 생각밖에 안 들어요. 나, 어떡해요, 아줌마?"

연수는 끝내 참았던 울음을 터뜨리고 말았다.

"나 어떡해요, 이제 난 어떡해!"

소리 높여 서럽게 울어대는 연수의 어깨를 아픈 마음으로 토닥여주던 윤 박사도 소리 없이 울고 있었다.

"일어나세요."

술에 취해 졸고 있던 아버지는 누군가 흔들어 깨우는 소리에 게슴츠레 눈을 떴다.

"너, 누구냐?"

"정수지, 누구예요. 빨리 일어나시라니까요!"

정수는 아버지의 흐트러진 모습이 기막히고 보기 싫다는 듯 한껏 인상을 찌푸리고 있었다. 아버지는 술기운에도 아들의 불쾌한 낯빛이 당황스러워 눈을 번쩍 떴다. 얼떨떨한 얼굴로 사방을 둘러보니 동네 파출소였다. 아버지는 자신이 왜 이곳에 와 있는지 도무지 기억이 나지 않았다.

"넌 여기 왜 왔어, 인마?"

아버지는 취기가 가시지 않은 음성으로 아들을 다그쳤다.

"아버지 데리러 왔잖아요."

정수는 어이없는 표정을 풀지 않고 통명스럽게 말했다.

"어서 집으로 가세요."

정수가 무뚝뚝하게 아버지의 팔을 잡아끌었다. 아무리 취중이지만 이럴 때 아들은 꼭 남의 자식 같다. 다정다감한 면이라곤 눈을 씻고 찾아봐도 없는 정수가 아버지는 제 모습을 보는 것 같아 괜스레 밉다.

"놔! 이노무 자식아!"

정수를 뿌리치고 의자에서 몸을 일으키던 아버지는 중심을 잃고 바닥에 나동그라지고 말았다. 안 그래도 짜증을 내던 정수가 기어이 분통을 터뜨렸다.

"왜 그래요! 챙피하게 정말!"

"뭐? 챙피해?"

아버지가 격앙된 목소리로 다그치자 주위 사람들이 흘끔흘끔 쳐다보며 눈치를 주었다. 정수는 주위의 시선을 의식하며 조금 누그러진 태도로 아버지를 부축했다.

"가요."

"애비가 챙피해?"

아버지는 아들의 등짝을 후려치며 고함을 질렀다.

"정말 왜 이러세요, 갈수록. 제발 좀 가만히 계세요!"

정수도 참지 못해 버럭 소리를 질렀다.

"이 자식이 어디서 소릴 질러. 애비한테!"

연이어 뒤통수까지 얻어맞은 정수는 금세 달려들기라도 할 듯 아버지를 사납게 노려보았다.

"에이!"

결국 정수는 아버지를 그냥 두고 혼자서 뛰쳐나가고 말았다.

아버지는 부아가 치미는 걸 참고 천천히 일어나 밖으로 나왔다. 거리로 나온 아버지는 비틀거리며 담배부터 물었다.

참 이상한 일이다. 사실은 눈에 넣어도 안 아플 것 같은 사랑스런 자식인데, 겉으로는 그 마음을 손톱만큼도 표현하지 못하고 오히려 화를 내고 윽박지르고 때리기까지 하는 아버지. 뻔히 잘못된 길인 줄 알면서 내처 그 길로만 가는 어이없는 행보다. 사랑이 없어서가 아니다. 사랑을 표현할 방법을 모르는 것이다. 모르면 배워야 하는 것을 그것이 나려니, 그게 내 사랑법이려니 하고 살았다. 하지만 그렇게 살고 보니 어느새 자식들과의 거리는 저만치 멀어져 있었다.

평생 외길이랍시고 병원 밖 세상은 꿈도 못 꿔봤는데, 어쩌다 이 지경으로 헛헛한 취객이 되어 여기 서 있는지. 발바닥이 닳도록 열심히 살아왔건만 무엇 하나 이루어놓은 것도 없고, 무엇 하나 추억할 만한 것도 없는 답답한 중늙은이가 되어 아내의 죽음이나 기다리고 있는 한심한 꼴이라니….

아버지는 파출소 앞에 멍하니 선 채 못나게 살아온 자신의 삶에 쓴 입맛을 다셨다. 스산한 기운이 등줄기를 훑고 지나가 아버지는 몸을 푸르르 떨었다.

어두운 골목길을 지나 집으로 향하는 아버지의 걸음이 취기와 허탈감으로 휘청거렸다. 삐져나온 와이셔츠 자락에 고추장인지 뭔지 시뻘건 국물이 범벅이다. 아까 안주로 먹은 매운탕 찌개 국물이었다. 그러고 보니 오늘 일이 어렴풋이 떠오르는 것 같다.

저녁에 연수를 만났고, 혼자 술을 마셨다. 돌아오는 길에 동네 과일가게에 들러 연시랑 사과를 산 것까지는 좋았는데, 골목에서 비틀거리다가 그만 봉지가 찢어져버렸다. 컴컴한 골목길 아래로 우르르 쏟아져 내려가는 과일들을 잡는답시고 몇 번 넘어졌고, 어느 순간 보니 경찰관이 와 있었다.

아니, 그 전에 노상 방뇨를 한 게 먼저였는지도 모른다. 하여튼 그 경찰관과 시비가 붙었고, 파출소에서 잠이 들었다. 그리고 정수란 놈이 왔지….

다시 정수를 생각하자 아버지는 낯이 뜨거워졌다. 녀석도 어느새 장정이 다 되었다. 아까 장소가 파출소만 아니었다면 녀석, 아비 하나쯤이야 거뜬히 메다꽂을 수 있을 기운이었다. 그렇게 든든한 아들이건만 데리고 목욕탕 한 번 가지 못했다. 매번 대학에 떨어진다고 통박만 주었지, 담임선생 이름 하나 아는 게 없었다.

젊을 적 아버지는 생각했었다. 나중에 아이가 생기면 내 자식들에게는 한없는 사랑을 주리라고. 내 아버지에게서 사랑을 받지 못해 헛헛했던 마음과 고되었던 인생을 내 자식들에게는 대물림하지 않겠노라고. 그러나 두 아이의 아버지가 된 지금, 자신은 선친보다 훨씬 더 못한 아버지가 되어 있었다. 연수나 정수가 이런 아비한테 무슨 정이 있으랴….

아버지는 조용히 철제 대문을 열었다. 아내가 입원한 뒤로는 식구들 모두 열쇠를 가지고 다니도록 했다. 아이 둘도 병원으로, 집으로, 직장으로 분주하게 뛰어다녀야 하는데다 온종일 할머니를 돌봐야 하는 간병인의 일을 한 가지라도 덜어주자는 심산에서였다. 그렇게라도 하지 않으면 아무리 직업의식이 투철한 간병인이라도 유난스런 할머니 등쌀에 언제 그만둔다고 나설지 모르는 일이었다.

거실이며 이층 방엔 모두 불이 꺼져 있었다. 평소 같았으면 아내가 안방에 앉아 빨래를 개거나 다림질을 하고 있을 시간이었다. 아내가 거기 그러고 앉아 있는 것이 얼마나 큰 축복이었는지 그땐 왜 몰랐을까. 왜 이제야 깨달아지는 걸까. 이제 안방은 텅 빈 채 어둠에 잠겨 있다.

집 안으로 들어선 아버지는 조용히 할머니의 방문부터 열어보았다. 옷장에서 옷가지를 잔뜩 꺼내놓고 있는 할머니를 연수가 쪼그리고 앉아 가만히 바라보고 있었다.

"아줌마, 왜 그러고 있어? 아줌만 짐 안 싸?"

할머니는 엄마가 병원에 입원하기 전날 짐을 싸던 흉내를 내는 중이었다. 연수는 그런 할머니를 꺼칠한 얼굴로 넋 나간 듯 보고만 있었다.

"우리 빨리 가자. 우리 엄마가 보기보다 성질이 드러워서 약속 시간 늦으면 난리 나! 아줌마두 빨리 짐 챙겨, 가게!"

할머니는 소풍이라도 가는 사람처럼 신바람이 나서 커다란 가방에 옷을 구겨 넣었다.

"아줌마, 안 가? 아줌마가 길 아는데, 같이 가야지. 가자, 응?"

할머니가 얼굴까지 들이대고 물어도 연수는 여전히 반응이 없다. 아버지는 그 모습이 처량해 소리 없이 문을 닫았다.

5

"아버지, 전 엄말 이렇게 보내드릴 수가 없어요.
너무 미안해서, 미안해서… 안 돼요.
이렇게는 안 돼요. 미안해서, 죄송해서 안 돼요.
나두 딱 한 번만이라도 자식 노릇 하게 해주세요.
나두 딱 한 번만이라도 엄마 기쁘게 해드리고 싶어요. 아버지 제발…."

이튿날 아침, 아버지는 출근하자마자 원장의 호출을 받았다. 그동안의 분위기로 보아 올 것이 왔다는 예감이 들었지만 상황은 생각보다 더 좋지 않았다.

"정 박사님이 그동안 고생하신 건 잘 아는데, 워낙 박사님 환자가 적어서…."

말은 그렇게 하면서도 젊은 원장의 태도는 무척이나 고압적이었다. 아무리 작은 병원의 인사라지만 십 년 가까이 부려먹던 사람을 당장 그날로 그만두라는 원장의 횡포에 아버지는 심한 모멸감을 느꼈다. 당장 달려들어 면상이라도 한 대 후려치고 싶은 걸 간신히 참고 힘겹게 입을 열었다.

"김 원장, 나… 부탁 하나 합시다. 여편네가 곧 죽을 것 같은데,

그때까지만 어떻게 안 되겠소?"

자존심이고 뭐고 다 팽개치고 사정했지만 젊은 원장은 고압적인 자세를 조금도 흐트러뜨리지 않았다.

"대학병원 송 박사님이 모레부터 오시기로 했습니다. 정 박사님이 계실 방이 없네요."

그 말에 아버지는 오장이 뒤틀리는 걸 겨우 참는다. 정년을 일 년밖에 남기지 않은 사람을 내쫓으면서 그 정도 배려도 안 해주려는 이따위 더러운 직장엔 그도 애착이 없었다. 문제는 죽어가는 아내 앞에서 실직당한 꼴까지 보여야 하는 난감함이었다.

"그럼 수위실 옆에라도 있게 해주시오. 한 달만… 그렇게 있게 해주시오. 더는 바라지 않으리다."

하지만 원장은 그 제의마저 묵살하고 말았다. 온갖 구차한 사정을 하며 매달렸던 아버지는 처참하게 일그러진 몰골로 원장실을 박차고 나왔다.

진료실로 돌아온 아버지는 이를 앙다물고 짐을 꾸렸다. 작은 라면 박스에 짐이랄 것도 없는 집기들을 챙겨 넣으면서도 도무지 아귀가 맞지 않는다. 아버지는 붉어져오는 눈에 잔뜩 힘을 주어 참았다.

그때 윤 박사가 아버지의 진료실로 들어왔다.

"무능한 인간은 뭘 해도 티가 나네."

아버지는 짐짓 씁쓸한 너스레를 떨며 태연한 척했다.

"이 짐, 니 방에 좀 놓자. 며칠이면 돼. 그래줄 수 있지?"

어느새 눈시울이 젖은 윤 박사가 말없이 고개를 끄덕였다. 그녀도 요즘 부쩍 눈물이 흔해졌다.

"애들하고 마누라 볼 면목이 안 선다."

평생 몸 바쳐 일한 흔적이 라면 박스 두 개를 다 못 채웠다. 아버지는 짐을 챙기다 말고 입을 열었다.

"윤아…."

"…."

"집에 말하지 마라."

"… 네."

직장에서 떨려나고 짐까지 챙겼으니 더 이상 이곳에 머물 이유가 없었다.

아버지는 아내가 있는 장 박사의 병원으로 향했다. 오늘쯤 아내의 검사 결과가 나올 예정이었다.

"환자가 치료제를 쓰고도 아무런 고통을 느끼지 못한다는 건, 치료제가 환자의 몸 안에서 전혀 도움을 못 주고 있단 얘기야. 평범한 사람들 같으면 머리 안 빠지고 구토도 없으니까 좋아라 하겠지만, 의사 입장에선 그게 아니지. 너두 알잖아…."

장 박사는 엄마의 항암 치료를 중단할 거란 얘기를 하고 있었다.

겉으론 멀쩡한 것 같지만 엄마의 증세로 보아 항암 치료가 오히려 역효과를 주고 있다는 설명이었다. 아버지는 점점 아득한 나락으로 떨어져 내리는 심정이었다.

"검사 결과 나왔니?"

"백혈구 수가 많이 떨어졌어."

"그냥 치료 계속해."

"벌써 지시했어. 오늘 저녁부터 치료 중단이야."

그 말에 아버지는 매서운 눈초리로 장 박사를 노려보았다.

"왜 그랬어, 엉? 니 맘대로 누가 그러래?"

"어제 연수 엄마 어지럽다고 해서 갔었어. 약 효과가 나나 했는데, 아니더군. 경미하긴 했지만 치료제 쇼크였어. 이미 위에도 전이가 많이 됐어."

아버지는 말없이 한숨만 몰아쉬었다.

"괜한 데다 미련 갖지 마. 지금 상태에선 쇼크가 더 무서워. …내일모레쯤 퇴원하도록 해."

장 박사의 충고를 따르는 수밖에 더 이상의 도리가 없다는 걸 아버지는 뼈저리게 느껴야만 했다. 침통한 표정으로 장 박사의 진료실을 나서는 아버지의 어깨가 축 늘어졌다.

연수는 출근하자마자 회사에 특별 휴가를 내고 무작정 병원으로 달려갈 생각이었다. 하지만 며칠 자리를 비워도 차질이 생기지 않도록 일을 정리하다 보니 어느덧 저녁 시간이 다 되어 있었다.

무거운 마음으로 병원 복도를 걸어 엄마의 입원실 앞에 도착한 연수는 순간 멈칫했다. 막상 엄마가 죽음을 앞두고 있다는 사실을 의식하게 되니 차마 병실 안으로 발을 들여놓을 수가 없었다. 그제야 엄마 병실에 찾아오지 않았던 아버지의 마음이 조금은 이해되기도 했다. 누구보다 환자들의 죽음을 많이 봐온 아버지. 죽음을 앞둔 아내의 병실 문 열기가 얼마나 두렵고 힘들었을까.

연수는 밤새 울어 눈이 퉁퉁 부어 있었고, 어제 점심 이후 아무것도 먹지 못해 금세 쓰러질 듯 몸이 휘청거렸다. 마음을 진정시키지 못하고 병원 복도를 한참 서성거리던 연수는 갑자기 영석이 사무치게 보고 싶었다. 그의 얼굴을 잠깐이라도 본다면 마음을 진정시킬 수 있을 것 같았다.

연수는 병원 비상계단으로 가서 영석에게 전화를 걸었다. 신호음이 여러 차례 울린 뒤에야 그의 목소리가 들렸다.

'그만해, 그만. 전화 받는데 그러면 반칙이야. 저리 가 있어."

수화기 저편에서 들려오는 깔깔대는 웃음소리. 그는 아이들과 신나게 놀아주던 중이었는지 전화를 받는 동안에도 간지럼을 타듯 유쾌한 웃음소리를 냈다.

'여보세요?'

영석의 목소리에 연수는 가슴이 뭉클해졌다.

"저예요."

'어, 잠깐만 기다려.'

순간 당황한 듯 영석의 목소리는 허둥대고 있었다. 곧 그가 아내에게 외치는 소리가 들려왔다.

'여보, 나 회사에서 급한 전화 왔거든? 서재 가서 받을게. 부르지마.'

연수는 어떤 상황인지 짐작이 갔다. 순간 미안한 마음도 들었지만 지금 연수에겐 누구보다 영석이 간절했다.

'그동안 왜 연락 없었니?"

“걱정했어요?”

‘그럼.’

“여기 우리 엄마 병원인데… 잠깐 나올 수 있어요?”

연수는 집에 있는 영석을 곤란하게 하고 싶지 않아 용건부터 말했다.

‘… 어떡하지? 집사람이 왔어.’

영석이 곤혹스러워하고 있다는 걸 알았지만 연수는 전과 달리 매달렸다.

“잠깐이면 돼요.”

‘미안해, 나갈 수 없어.’

“… 나, 지금 아주 힘들어요.”

서재 밖에서 ‘여보, 저녁 먹자.’ 하는 아내의 음성이 들려오자 그는 약간 짜증을 냈다.

‘집사람 있을 땐 이러지 마. 내가 낼 전화할게.’

전화는 일방적으로 끊겨버렸다.

연수는 한동안 휴대폰을 귀에서 떼지 못하고 굳은 듯 서 있었다. 연수의 눈에서 소리 없이 눈물이 흘러내렸다.

'지지리 복도 없는 여편네 같으니.'

아버지는 병실 안에서 들려오는 처남 근덕의 목소리에 아내가 측은한 생각부터 들었다.

"그래서 안 준다고?"

"그래. 못 줘."

근덕의 험악한 목소리에 이어 조용히 타이르는 아내의 목소리가 들리는가 싶더니 이내 접시 깨지는 요란한 소리가 들려왔다. 아버지는 뛰어 들어가 처남의 턱주가리라도 한 방 후려갈기고 싶었지만 꾹 참았다. 아내가 그런 상황을 더 속상해하리라는 걸 알기 때문이었다.

"왜 안 줘. 내 마누라 종처럼 부려먹고, 단돈 백만 원도 못 줘?"

"못 줘."

"왜 못 줘? 거저 달라는 것도 아니고 개처럼 부린 품삯 달라는데, 왜 못 줘?"

"니놈한텐 일 원 한 푼 못 줘."

"그러는 거 아냐. 돈푼깨나 만지고 산다고, 동생 알기를 된장 항아리에 박힌 짠지 정도로 아나 본데, 벌 받어. 지금 아픈 거, 그거 다 벌 받는 거야. 알기나 알어?"

"당신 그러면 안 돼. 무슨 말을 그렇게 해."

듣다못해 처남댁이 끼어든 모양이다.

"가만히 있어, 쌍년아!"

"내가 무슨 벌을 받어, 이놈아. 내가 뭘 잘못하고 살아서 벌을 받어, 이놈아!"

"나 어리다구 우리 집 재산 빼돌려, 남편 병원 지었지? 그리고선 내가 운수업 좀 한다구 했을 때, 두 사람 어쨌어? 단돈 천만 원, 그게 전부였어."

"이놈이 터진 입이라구…. 하늘이 알고 땅이 알어, 이놈아. 아버지 재산 니놈이 이 사업한다 퍼가고, 저 사업한다고 퍼가고, 밑바닥 똥창까지 박박 긁어 퍼 쓰고, 이제 와 누구한테 행패야, 이놈!"

더 듣지 않아도 뻔한 내용이었다. 처남은 오래전부터 틈만 나면 제 누나를 협박해왔다. 부모 재산 다 날리고 누나한테 뜯어간 돈으로도 모자라 평생 피해의식으로 뭉쳐 사는 위인이다. 그는 자형이란 자가 한때 병원이라도 짓고 살았던 걸 처가 재산 덕인 줄만 믿고 있었다.

그 생각을 하면 아버지는 실소를 금할 수가 없다. 아내가 시집오자마자 시어머니한테 구박을 당한 것도 다 그 있지도 않은 처가 재산 때문이었다. 맏딸을 출가시키기도 전에 달랑 집 한 채 남겨놓고 망해버린 장인, 노모는 그 내막도 모르고 장인의 재산 하나 믿고 혼인을 성사시켰다.

노모의 기대와 달리 아내는 오히려 친정 동생 뒷바라지로 평생을 뜯기며 살아왔다. 그나마 집칸이라도 있던 것을 팔아 없앤 뒤부터는 저렇듯 시도 때도 없이 누나를 닦아세웠다. 그런 처남을 아버지는 사람 취급도 안 하려 들었다.

"내가 얼마나 써서 만석지기 재산이 그렇게 쉽게 끝나! 좋아! 나 당신하고 인연 끊은 사람이야. 두말하기 싫어. 내 여편네 데려갈 테니까, 그리 알어! 가, 이년아!"

"형님 아퍼요. 이러지 마! 맨날 신세 지다 이제 갚는구만. 당신 이러면 안 돼!"

"신세는 무슨 염병할 신세를 졌다고 그래, 너?"

"뭐 한다고 천만 원, 뭐 한다고 오백만 원, 번번이 안 그랬어?"

"주둥아리 닥쳐, 따라와!"

의자 넘어지는 소리에 이어서 처남댁의 날카로운 비명소리가 들려왔다. 그동안 수도 없이 당한 일이었다.

아버지는 처남을 타일러보기도 했고, 우격다짐으로 가르쳐보려고도 했지만, 이젠 피차 보지 않는 게 상책이라는 걸 깨달았다. 그래도 핏줄이라고 아내가 연연해하는 걸 보면 울화가 치밀곤 했다. 해서 몇 번 큰소리를 낸 적도 있지만 끝내 아내의 마음을 돌려놓진 못했다.

병실의 소란에 아버지는 답답해 미칠 지경이었지만 남매간의 일을 가지고 자기가 나서서 다잡아 휘두를 수도 없는 노릇이었다. 아버지가 근덕에게 냉랭하게 구는 걸 아내는 늘 못마땅하게 여겼다. 지금 같은 상황에서도 아내는 결코 아버지가 끼어드는 걸 바라지 않을 터였다.

이래저래 엄마의 입장을 생각한답시고 밖에서 속만 끓이고 있던 아버지가 더는 참지 못하고 안으로 들어가려던 참이었다.

"이거 갖고, 니 마누라 두고 가."

아내의 가라앉은 음성과 함께 뭔가 바닥에 툭 떨어지는 기척이 들려왔다.

"안 돼요, 그거. 그 돈이 어떤 돈인데, 형님 병원비 낼 거예요. 어서 줘요, 어서!"

처남댁의 울먹이는 소리를 뒤로한 채 근덕이 후다닥 밖으로 뛰처나왔다.

"또 도박하러 가지, 이 인간아! 손모가지를 잘라버릴 거야, 내가!"

근덕은 돈 봉투를 뺏기지 않으려 정신없이 뛰쳐나오느라 문 밖에 서 있던 아버지도 알아보지 못한 눈치였다. 그 몸놀림이 어찌나 날쌘지 아버지는 따라잡을 수도 없었다.

"누굴 닮아 저렇게 염치가 바닥일까. 어떡해요. 고모부 아시면 또 난리 날 텐데…."

"… 설마 그 돈 줬다고 날 죽이겠어, 살리겠어? 으이구, 드런 팔자. 단돈 몇백을 제 요량대로 쓰지 못해 벌벌 떨고. 으이구, 치사스런 내 팔자야."

아버지가 안으로 들어갔을 때 엄마는 창밖을 내다보며 한숨을 쉬고 있었다. 한쪽에선 공연히 죄 없는 처남댁이 코를 훌쩍이며 어질러진 바닥을 치우는 중이었다. 그녀는 갑작스레 들어선 아버지를 보고 당황해 딸꾹질까지 해대며 수선을 피웠다.

"그래, 병원비를 내줬어?"

처남댁이 자리를 비켜준 사이 아버지가 측은한 눈길로 아내를 보며 물었다.

"줬어요. 왜요? 나는 그깟 돈도 내 맘대로 못 써요?"

이런 상황이 일어날 때마다 불같이 화를 냈던 아버지의 성격을 알기에 엄마는 지레 딴전을 피운다.

"평생 호강은 고사하고라도, 응? 사람이 배를 가르고 누워 있으면 하루 한 번은 몰라도 이틀에 한 번은 들여다라도 봐야지. 어떻게 사람들이 그리 무심해! 딸년을 키우면 뭐할 거고, 아들놈을 키우면 뭐할 거고, 서방이 있으면 뭐할 거야. 나를 어떻게 보겠어, 응? 집 쫓겨난 성질 사나운 중늙은이로밖에 더 보겠어? 나쁜 사람들…. 그저 날 부려먹을 궁리만 하지, 딴생각은 없는 사람들이라니까."

엄마의 탄식은 그대로 아버지의 가슴에 와 박히는 비수였다. 아버지는 무심결에 버럭 소리를 지르고 말았다.

"듣기 싫어!"

그러자 이번엔 엄마가 싸움이라도 할 기세로 따지고 들었다.

"소리 더 질러요! 소리 더 질러! 누가 무섭대? 내가 당신한테 이렇게 무심했어봐. 당신은 아주 멸치 볶듯이 날 볶아댔을걸."

병원에 혼자 있는 동안 속이 꽤나 상했던지 엄마는 좀처럼 화를 풀지 않았다. 아버지는 미안한 생각이 들어 따지고 말고 할 명분도 잃어버렸다. 새색시처럼 뾰로통하게 토라져 있는 엄마를 애처롭게 바라보며 입을 열었다.

"… 그만해. 그래, 돈은 있어? 낼모레 퇴원인데."

"살림하는 사람이 그만한 돈 없을까봐."

엄마의 목소리도 한풀 꺾였다. 아마 속으론 근덕에게 돈 뜯긴 일이 무사히 넘어가서 다행이라고 생각할 터였다. 그래놓고도 며칠은 아버지 볼 면목이 없어 기죽어 지낼 엄마였다.

"그럼 됐어."

부드럽게 넘어가는 아버지를 보고 엄마는 한시름 놓는 듯한 얼굴이다.

그때 간호사가 약 봉지를 가지고 들어왔다. 그런데 약 봉지를 받아 약을 입에 넣으려던 엄마가 문득 그 알약들을 손바닥에 쏟아놓는다. 뭐가 이상한지 알약 수를 일일이 헤아려보기까지 했다.

"이상하네. 빨간 약이 두 알 안 보이네?"

항암제가 빠진 걸 엄마가 알아차린 것이다.

"이거 내 약 아닌 것 같네?"

엄마가 이상하다는 듯 아버지를 쳐다보았다. 아버지는 이미 알고 있으면서도 잠자코 엄마가 손에 들고 있는 알약들을 확인해보았다.

"어디 보자."

틀림없는 엄마 약이었다.

"이거 맞아. 당신 거야."

아버지 말이라면 팥으로 메주를 쑨다 해도 믿던 엄마가 이번엔 정색을 한다.

"바꿔 와야 되겠네. 내 약 아니야, 이거."

침대에서 내려와 무턱대고 나가려는 엄마를 아버지가 붙들었다.

"앉아, 어딜 가!"

"빨간 약이 항암제라며? 그게 안 들었는데 어떻게 내 약이야? 아침나절까지만 해도 그 약을 먹었는데."

"맞아요. 그 약 있었어요."

어느 틈에 들어왔는지 근덕댁까지 엄마 편을 들고 나섰다. 아버지는 매사에 까탈스럽지 않은 엄마가 유독 약 문제로 신경이 예민해져 있는 걸 보니 문득 가슴 한쪽이 아렸다. 아버지는 뒤도 안 돌아보고 밖으로 나가려는 엄마를 잡아끌며 부드럽게 달랬다.

"그 약 당신 약이야. 그거 먹어. 나 의사야. 내 말 믿구, 먹어."

"아니라니까. 간호사들이 정신없어서 약 잘못 줄 때가 얼마나 많은데…. 그리구 내가 먹는 약을 내가 제일 잘 알지."

"내가 시켰어."

결국 아버지는 거짓말을 하고 말았다. 엄마는 영문을 몰라 눈을 동그랗게 뜨고 아버지를 쳐다보았다.

"… 당신 그 약 먹구 어제 힘들었다며? 그래서 내가 주지 말라고 했어."

"미쳤나, 이 양반이? 그럼 그 주사약도 당신이 빼라 그랬어요?"

엄마는 기가 막혀 말도 안 나온다는 표정이다. 암 환자가 항암주사 끊기고 치료약까지 빼앗겼으니 이게 무슨 병원인가 싶었을 것이다. 엄마는 침통한 표정으로 고개를 끄덕이는 아버지를 짜증스럽게 흘겨보았다.

"아무리 힘들어두 아픈 사람이 약을 먹어야 낫지. 의사란 양반이 도대체…. 저리 가요, 약 타 오게."

엄마는 아버지를 밀치고는 이내 복도로 나가버렸다. 그런 엄마를 처연하게 바라보던 아버지도 뒤를 따라 병실을 나섰다.

"저, 간호사 아가씨. 나 알지? 장 박사님 환잔데… 그 양반이 내가 힘들다고 여태 먹던 약을 뺐다네."

너스 스테이션으로 달려간 엄마는 다짜고짜 간호사 하나를 붙잡고 사정 얘기를 했다.

"왜 그 약 있잖아요? 빨간 캡슐에 든 거. 항암제. 나 그 약 두 알 줘요."

"약이 취소됐는데요."

여태껏 한 번도 암이라는 단어를 자기 입에 올리지 않던 엄마였다. 그런 그녀가 차트를 뒤적이며 무심히 대답하는 간호사에게 괜스레 미안한 표정까지 지어가며 사정을 하고 있었다. 엄마는 약을 주기 전에는 물러날 기세가 아니었다.

"알어. 우리 집 양반하구 장 박사 그 양반하구 친군데… 나 힘들다구 뺐대. 근데, 나 힘 안 드니까 그 약 줘, 응? 남자들이 괜하게 신경 쓴다구 한다는 짓이 다 그렇지 뭐…. 그 중요한 약을 한 때라도 거르면 쓰겠어? 줘, 응?"

엄마의 애원은 점점 간절해지고 있었다. 간호사는 난감한 표정을 지으며 아무 대꾸도 하지 못했다. 아버지는 엄마의 팔을 잡으며 자신도 모르게 버럭 화를 내고 말았다.

"그만 가!"

엄마는 자기 속도 모르고 쓸데없는 짓을 하는 아버지가 야속했던지 팔을 거칠게 뿌리쳤다.

"놔요! 정말, 왜 그래? 나는 말이야 한시가 급해 죽겠는데, 당신은 시키지두 않은 괜한 짓을 하구. 정말 늙어갈수록 어째 그렇게 내 속을 썩여요? 하루라도 빨리 나아야 할 거 아냐! 집에 가구 싶다구!"

엄마는 속이 상해 눈물이 그렁그렁한 눈으로 아버지를 한껏 흘겨보았다. 할 말이 없어진 아버지는 땅이 꺼져라 한숨만 내쉬었다.

때마침 지나가던 수간호사가 아버지를 알아보고 인사를 했다. 그녀는 곤혹스러워하며 외면하는 아버지의 모습에서 뭔가 석연찮은 분위기를 느꼈던지 조심스럽게 끼어들었다.

"무슨 일이세요?"

수간호사가 아버지와 엄마를 번갈아 보며 물었다.

"어, 수간호사시구나. 우리 집 양반 알지?"

엄마가 반색을 하고 아는 체를 했다.

"네, 알죠."

"그 약 있잖아. 빨간 알약, 나 그거 안 받았거든…."

"아, 네. 이젠 안 아프세요?"

엄마는 모처럼 자신을 알아주는 사람이 나타나자 기가 사는 모양이었다.

"나 이제 안 아퍼. 그 약… 줄 거지?"

"네. 잠시만 기다리세요."

수간호사는 대충 상황을 파악했던지 선뜻 대답하고는 조제실로 들어갔다. 엄마는 그 모습을 의기양양하게 쳐다보며 마음을 놓는 눈치였다.

잠시 뒤 수간호사가 조제실에서 나와 엄마에게 빨간색 캡슐 두 알을 내밀었다.

"맞죠?"

"맞네. 고마워요."

엄마는 밝아진 얼굴로 알약을 받아 들었다. 혹여 아버지가 또 약을 뺏기라도 할까 봐 엄마는 아버지를 보지도 않고 서둘러 병실로 가버렸다.

"영양제예요."

엄마의 뒷모습을 멍하니 지켜보고 있는 아버지에게 수간호사가 서글픈 미소를 지어 보였다.

내일이면 엄마가 퇴원을 한다. 연수는 정수에게 모든 사실을 털어놓기로 마음먹었다. 지금껏 숨겨왔지만 계속 입을 다물고 있을 수는 없었다. 그건 윤 박사 말대로 엄마를 위해서나 동생을 위해서나 옳은 일이 아니었다.

"웬일이야? 누나가 나한테 술을 다 사구?"

약속 시각에 맞춰 호프집에 나타난 정수는 미리 와 기다리고 있던 연수를 보고 이죽거렸다.

어디서부터 말을 꺼내야 하나. 연수는 마음이 착잡했다.

정수는 아직도 엄마가 암이라는 사실을 모르고 있었다. 어머니의 입원을 그저 간단한 산부인과 수술 때문이라고만 알고 있었다. 막내라 그런지 그 정도로도 정수는 꽤 불안해했다. 그런 동생이 사실을 알게 된다면 얼마나 끔찍한 충격을 받을까. 연수는 입을 열기도 전에 목이 메었다.

"정수야, 이제부터 내가 하는 말, 침착하게 들어."

연수는 빈 잔에 술을 채워주며 동생의 얼굴을 찬찬히 바라보았다.

"무슨 말인데, 그래? 사람 긴장되게."

맥주 한 컵을 단숨에 비운 정수가 장난스레 물었다. 스물한 살이라고는 해도 동생은 아직 막내 티가 역력했다.

연수는 벌써 맥주를 세 잔째 마시고 있었다. 술기운을 빌어서라도 차분하게 말을 이어보려 했지만 취기는 전혀 느껴지지 않았다.

"말해봐. 누나, 뭐 고민 있어?"

"그런 게 아니구…."

"그럼 뭐야? 표정이 왜 그러냐구?"

"… 엄마 얘기야."

정수 얼굴에서 장난기가 싹 가셨다.

"뭐야? 빨리 말해봐."

정수도 심상찮은 얘기라는 걸 직감했는지 채근을 했다. 연수는 잠시 고개를 떨구었다. 동생을 똑바로 보며 얘기할 엄두가 나지 않아서였다.

"대체 무슨 얘긴데 그래?"

누나가 쉽게 입을 떼지 못하자 정수의 표정은 불안하고 신경질적으로 변해갔다.

"정수야…. 엄마… 오래 못 사셔."

"… 그게, 무슨 말이야?"

연수는 놀라 부르르 떨고 있는 정수의 얼굴을 차마 볼 수 없어 남은 술을 한 번에 들이켰다.

"누나!"

"암이야. 그것도 심한… 말기래."

"누가? 엄마가?"

정수가 술잔을 소리 나게 탁자에 내려놓으며 소리쳤다. 연수는 눈가를 붉히며 고개를 끄덕였다. 갑자기 안색이 하얗게 변하더니 정수가 벌떡 일어섰다.

"누가 그래? 엄마가 왜 죽어!"

정수는 주위 시선 따윈 아랑곳하지 않고 악을 써대기 시작했다.

"언제부터 안 거야? 누난 언제부터 안 거냐구! 나만… 나만 모른 거야?"

연수는 말없이 술잔만 바라보았다.

정수의 음성이 더욱 격해졌다.

"그런 거야?"

"엄마두 몰라."

연수가 입술을 깨물며 고개를 돌리는 순간, 정수가 자리를 박차고 밖으로 뛰어나갔다.

"정수야, 정수야!"

다급해진 연수가 정수를 뒤따라가 허리를 잡고 매달렸다.

"이러면 안 돼, 정수야. 엄마 생각해서라도 이러지 마."

연수는 기어이 울음을 터뜨리고 말았다. 정수는 주먹을 불끈 쥔 채 몸을 떨고 있었다.

"놔!"

"이러라고 너한테 말한 거 아냐, 정수야!"

정수가 뒤에서 껴안고 있는 누나를 향해 몸을 돌렸다. 그는 눈물을 뚝뚝 떨어뜨리며 누나의 어깨를 잡고 흔들어댔다.

"누난 내 맘 몰라. 누난 재수도 안 하구, 일류대학 나오구, 취직도 해서 엄마 용돈도 줘보고, 다 해봤지? 난 뭐야. 난 아무것도 못 했잖아. 아무것도 해준 게 없잖아. 공부한답시고 별 지랄 같은 유세 다 떨고, 맨날 술 처먹는 꼴만 보여줬잖아."

울먹이며 겨우겨우 말을 이어가던 정수가 마침내 몸부림을 치기 시작했다.

"난 이대로 못 보내! 누난 보낼 수 있어도, 난 못 보내!"

"이러지 마, 정수야!"

연수는 흥분해 날뛰는 정수를 붙잡고 애원했다.

"놔!"

정수는 눈물로 범벅이 된 얼굴을 부여잡고 몸부림을 쳤다. 연수도 동생에게 매달려 그동안 참았던 눈물을 쏟아냈다.

"이러지 말자, 정수야. 이러지 말자."

"이거 놔!"

"더 이상 엄마를 힘들게 하지 말자, 우리!"

자신을 으스러져라 끌어안으며 절규하는 누나 때문에 정수는 결국 무너지듯 길바닥에 주저앉고 말았다.

"왜, 왜 우리 엄마가 죽어야 한대? 다른 사람들은 팔십이 돼도 사는데, 사람 죽이고도 사는데, 우리 엄마처럼 착한 사람이 왜 이렇게 일찍 죽어야 하는 건데, 왜?"

정수는 울분을 터뜨리듯 땅바닥을 주먹으로 내리치며 울부짖었다. 정수를 끌어안고 이를 악물고 있는 연수 또한 하늘을 원망하며 왜 우리 엄마가 죽어야 하냐고 묻고 싶었다.

“신경 쓸 거, 안 쓸 거 분간도 못 하면서…. 밉살맞은 영감태기. 마누라 병문안 오면서 그 흔한 주스 한 병 안 사 오고…. 내 기운만 차려봐라. 한번 호되게 들었다 놓을 테니까.”

퇴원하는 날, 엄마는 마지막 병원 밥을 입이 미어져라 퍼 먹으며 구시렁거렸다. 밥맛이 있어 먹는 밥이 아니었다. 집에 돌아가 기운을 차리려면 밥이라도 한껏 먹어두어야 했다. 비록 입으론 불평을 했지만 엄마는 집으로 돌아가는 게 꽤 좋은 모양인지 얼마쯤 기가 살아 있었다.

엄마가 집에 돌아오자 가장 반긴 사람은 할머니였다. 그동안 엄마가 도망간 줄만 알았던 할머니는 엄마가 돌아오자 괜스레 달뜬 얼굴로 흥분을 감추지 못했다. 하지만 엄마는 할머니와 놀아줄 기운도 없이 집에 도착하자마자 깊은 잠에 빠져버렸다. 할머니는 엄마가 잠들어 있는 안방 문 앞을 단단히 지키고 앉아 눈빛을 번득이고 있었다.

"나쁜 년! 이번에 또 도망가면, 내 다리몽둥이를 분질러버릴 테다!"

한동안 보이지 않던 엄마가 야속하면서도 이렇게 돌아와준 게 몹시 반가웠던지 성을 내는 눈빛에 얼마쯤 안도의 기색이 서려 있었다.

아버지는 그런 노모의 모습을 쓸쓸하게 바라보다 집을 나섰다. 엄마가 그토록 소망하던 일산 새집이 완공되었다는 연락을 받고 나서는 길이었다.

일산행 버스 안에서 아버지는 이런저런 상념에 빠져들었다. 바쁘다는 핑계로 공사 현장에 한 번도 찾아가보지 않은 자신을 대신해, 아내 혼자 이리 뛰고 저리 뛰면서 완성한 집이었다. 그런 아내를 생각하면 미안해서 견딜 수가 없었다. 그렇게 공들여 지은 집이건만 살아보지도 못하고 눈을 감아야 할 운명이란 걸 아내가 상상이나 했을까? 몇 년만, 딱 몇 년만, 아니 몇 달만이라도 아내와 그 새집에서 살아볼 수 있다면, 그렇게만 된다면 아내를 이렇게 무참한 운명에 빠뜨린 하늘을 더는 원망하지 않으리라 생각했다.

현장 소장의 안내로 새집을 둘러보고 있자니 아버지의 마음은 더욱 착잡해졌다.

"사모님이 원하시는 대로 아주 잘 나왔습니다. 워낙 찬찬하게 챙기시는 분이라 저희가 신경을 안 쓸 수가 없더군요."

현장 소장이 입에 발린 공치사를 늘어놓는 것 같진 않았다. 집 안팎 곳곳에 아내의 극성맞은 잔소리가 배어 있는 듯, 모든 게 아내의 취향 그대로였다.

집 구조는 말할 것도 없고, 창틀이며 바닥 공사에 이르기까지 허술하게 처리된 곳은 좀처럼 찾아보기 힘들었다. 실내는 가구 하나 없이 썰렁했지만 그런대로 정돈된 모습이었다.

아버지는 텅 빈 거실을 가로질러 화장실 문을 열어보았다. 정갈하게 깔아놓은 타일 바닥 색깔에 어울리게 욕조며 세면대 색상까지 직접 고른 아내의 배려가 느껴졌다.

안방에 들어선 아버지는 언젠가 아내가 했던 말이 떠올라 가슴이 울컥했다.

'새집 지으면 안방 창 쪽으로 커다란 베란다를 만들 거예요. 그곳에 꽃도 심고, 작은 테이블도 하나 놓을 거야. 당신이랑 가끔 차도 마시고 꽃도 볼 겸. 아침저녁으로 해도 보고, 달고 보고….'

아내 말대로 창밖엔 널따란 베란다가 만들어져 있었다. 아버지는 베란다로 나가 한동안 굳은 듯 서 있었다. 시야가 확 트인 베란다 아래로 호수가 내려다보였다. 모르긴 몰라도 이 창가에 서서 아내는 몹시 설레는 마음으로 미래를 설계했을 것이다. 새로운 날, 새로운 시간들을 꿈꾸며 행복해했을 것이다.

아내는 종종 노후에 대한 꿈을 이야기했었다. 새집으로 이사 가면 더 이상 욕심 부리지 말고 변두리 보통 늙은이로 소박하게 옛이야기나 하며 살자고. 그런데… 아내의 그 소박한 꿈은 이제 가망 없는 일이 되어버렸다.

아버지는 문득 그 꿈을 이루지 못하는 아픔이 아내만큼 자신에게도 절실하다는 것을 느꼈다. 아내는 죽으면 그만이지만 이 방에 홀로 남아 저 호수를 내려다봐야 할 자신의 신세도 처량하기 그지없었다. 아내가 없으면 그림 같은 새집인들 무슨 의미가 있겠는가. 이 썰렁한 공간만큼이나 처량해질 자신의 앞날이 눈에 보이는 듯했다.

집 주변 여기저기에는 공사가 끝난 뒤 미처 거둬내지 못한 자재 부스러기와 쓰레기들이 굴러다녔다. 아내가 저 모습을 본다면 분명 눈살을 찌푸릴 터였다.

아버지는 밖으로 나가 그것들을 하나하나 골라 한쪽에 치워놓았다. 얼마 안 돼 보였는데 막상 일을 시작하니 만만치가 않았다.

어느덧 해는 뉘엿뉘엿 기울어가는데 쓰레기는 아무리 치워도 끝이 없었다. 아버지는 윗옷까지 벗어젖힌 채 열심히 돌덩이와 자재 부스러기, 자질구레한 쓰레기들을 치웠다.

앞으로 한 달, 아니 일주일, 그도 아니면 하루라도 이곳에서 아내와 함께 살 수 있겠지. 쓰레기더미를 다 치우고 다시 집 안으로 들어선 아버지가 이번엔 비와 걸레를 집어 들었다. 아버지는 나중에 사람을 시켜도 될 일이라며 만류하는 현장 소장을 돌려보낸 뒤 화장실 청소까지 마저 해치웠다. 늘 비누거품을 묻힌 솔로 화장실 바닥이며 벽면 여기저기 박박 문질러 닦던 아내의 모습을 떠올리며, 아버지는 평생 안 해보던 일을 성의껏 흉내 내고 있었다.

그렇게 두어 시간이 흘러 대충 청소가 끝나자 집 안이 웬만큼 깨끗해졌다. 화장실 타일도 반들반들 윤이 났고, 욕조며 세면대도 말끔했다.

아버지는 말끔해진 화장실에서 가만히 거울을 들여다보았다. 거기 초로의 한 사내가 어색하게 서 있었다. 한동안 거울을 들여다보던 아버지는 문득 아내의 이름을 불러보았다.

"인희야…."

얼마 만에 불러보는 아내의 이름인가.

거울 속의 아버지는 흐느껴 울기 시작했다.

"죽지 마, 인희야…."

아버지는 끝내 고개를 떨구고 오열하며 눈물을 토해냈다.

밤늦게 파김치가 되어 대문을 들어서던 아버지는 마당 한구석에 서서 자신을 기다리고 있던 정수와 마주쳤다.

"아버지, 저 술 좀 사주세요."

정수는 이미 술이 거나하게 오른 모습이었다. 흐트러진 머리칼을 쓸어 넘기며 아버지를 바라보는 아들의 눈가에 얼핏 물기가 어렸다. 아버지는 그 이유를 충분히 짐작할 수 있었다.

"저 아래 포장마차에 가 있어라. 내 곧 가마."

정수는 말없이 대문 쪽으로 걸음을 옮겼다. 비틀거리는 아들의 뒷모습을 바라보는 아버지의 표정은 착잡하기만 했다.

"부자가 무슨 비밀 얘기가 있어서 밖에서 만난대?"

하루 종일 집을 비운 것도 모자라, 집에 오기 무섭게 또 나갈 채비를 하는 아버지를 힘없이 바라보던 엄마가 가볍게 핀잔을 주었다. 아버지는 엄마가 이미 심한 육체적 고통에 시달리고 있다는 것을 직감으로 알았다. 벽에 기댄 채 자신을 바라보고 있는 엄마의 얼굴에서도 병색이 완연하게 느껴졌다.

"… 어째, 나 자꾸 아프네 여보. 다리며 팔이며 온몸에 괜한 멍이 자꾸 들구."

군데군데 퍼렇게 멍이 든 다리를 내보이며 엄마가 애처로운 눈길로 아버지를 올려다보았다.

"이거 봐, 부딪힌 데두 없는데…."

아버지는 엄마가 겁먹을까 일부러 태연하게 말했다.

"진통제 먹어."

"먹어두 그래."

엄마는 투정처럼 비칠까 미안한지 고개를 떨군 채 손으로 방바닥을 문질러대고 있다.

아버지는 애써 그 모습을 외면하고 달래듯 말했다.

"이따 주사 맞자. 먹는 것보단 맞는 게 빨라. 금방 나갔다 올게."

아버지는 아파도 엄살 한번 못 해보고 속으로만 끙끙 앓는 아내를 보니 가슴이 미어지는 것만 같았다. 죽을 때 죽더라도 고통이나 느끼지 않으면 마음이 덜 아플 것 같았다. 불행하게도 암이라는 몹

쓸 병은 마지막 순간까지 환자를 쥐어짜며 죽음에 이르게 한다. 환자가 틀어쥐고 있는 자기 목숨을 순순히 내놓을 때까지 결코 그 지독한 공격을 멈추지 않는 게 암세포의 실체인 것이다.

아버지는 극심한 무력감을 느끼며 집을 나섰다. 포장마차로 향하는 걸음이 천근만근 무거웠다.

휘장을 들추고 들어가니 정수는 구석 자리를 차지하고 앉아 혼자 술을 마시고 있었다. 부자지간에 난생처음 가져보는 술자리였다.

어색하게 술만 홀짝거리던 정수가 퉁퉁 부은 눈으로 아버지를 바라보았다.

"아버지, 엄마 말이에요…."

아버지는 묵묵히 그 눈을 응시했다.

"아버지, 엄마 제 대학 발표 날까지만이라도 살게 해주실 순 없어요?"

대학 합격자 발표가 나려면 아직 달포는 더 기다려야 했다. 아버지로선 장담할 수 없는 기간이었다. 아버지는 눈물을 흘리며 애원하는 아들 앞에서 죄인처럼 고개를 꺾고 말았다.

"아버진 의사잖아요. 안 되면… 그래요, 식물인간 상태로라도… 숨만 끊어지지 않게 해주세요. 저 아버지 닮아 별루 욕심 없는 거 아시죠? 하지만, 난생처음 마지막으로 욕심 부릴래요. 대학 발표 날까지만, 그때까지만 어떻게 해주세요."

아버지는 아들의 어떤 청에도 딱 부러지게 대답해줄 수가 없었다. 그런 아버지가 못마땅한 듯 정수는 손등으로 눈물을 닦으며 말을 이었다.

"저요, 딱 한 번만이라도 엄말 기쁘게 해드리고 싶어요. 이대로 돌아가시면요, 저 엄마 땅에 안 묻을 거예요."

아버지는 차마 아들의 얼굴을 보지 못하고 허공만 바라보았다.

"저 이번엔 자신 있어요. 대학 들어갈 자신 있어요. 지난번처럼 거짓말 아니에요. 이번엔 확실해요. 작년 점수보다 20점이나 더 나왔어요. 학원 선생님도 이번엔 충분히 안정권이라고 했어요. 아버진 제 말이라면 콩으로 메주를 쑨다 해도 안 믿으시지만, 이번엔 진짜예요."

"… 그래."

"정말이에요."

"믿는다."

아버지는 격앙된 목소리로 호소하는 아들에게 고개를 끄덕여주었다.

"저, 대학 가면 아르바이트할 거예요."

고개를 떨군 정수가 울먹이기 시작했다.

"술도 안 마시구, 공부도 열심히 할 거라구요. 장학금 받아 학교 다닐 자신 있어요."

아버지는 아들의 기특한 결심에 고개를 끄덕이며 옅은 미소를 지었다. 정수는 엄마에 대해서는 한마디 말도 없이 그저 고개만 끄덕이는 아버지의 태도가 불안했는지 다급하게 사정했다.

"아버지, 한 번만 기회를 주세요."

"정수야…."

"아버지, 전 엄말 이렇게 보내드릴 수가 없어요. 너무 미안해서, 미안해서… 안 돼요. 이렇게는 안 돼요. 미안해서, 죄송해서 안 돼요. 나두 딱 한 번만이라도 자식 노릇 하게 해주세요. 나두 딱 한 번만이라도 엄마 기쁘게 해드리고 싶어요. 아버지 제발…."

아버지는 서럽게 흐느껴 우는 아들의 머리를 가슴으로 끌어안았다. 내면 저 깊은 곳에서 끝없이 치밀어 오르는 눈물을 아버지는 애써 삼켜야 했다.

아버지는 여느 날과 마찬가지로 아침 출근 시간에 맞춰 집을 나섰다. 병원을 그만두었다는 사실을 가족에게 말하지 않았기 때문이다. 아침에 출근한 것처럼 나온 뒤 거리를 배회하면서도 아버지는 하루 세 차례씩 꼬박꼬박 전화를 걸어 엄마의 상태를 체크했다.

연수는 며칠 휴가를 더 내고 집안일을 거들었다. 엄마의 상태가 좋지 않다는 걸 안 뒤로는 정수도 가급적 외출을 삼간 채 집에서 지내는 날이 많아졌다.

겉보기엔 평온한 하루하루가 이어지고 있었다. 한낮이면 할머니가 으레 소파에서 고양이처럼 웅크려 낮잠을 자고, 엄마는 그 옆에 오도카니 앉아 연수가 집안일 거드는 걸 대견한 듯 바라보았다. 그럴 때 정수는 주방 식탁이나 거실 창가쯤에서 애처로운 눈길로 엄마를 훔쳐보곤 했다. 엄마는 기력이 떨어지긴 했지만 식구들 앞에서 표 나게 고통을 호소하는 일이 거의 없었다. 그래서 그런지 조금은 느슨하고 평온한 분위기가 이어지고 있었다.

그러던 어느 날, 장독대로 나갔던 근덕댁이 호들갑을 떨며 안으로 들어왔다.

"어머머머, 웃기네, 웃겨!"

외숙모의 호들갑을 잘 알고 있는 연수는 그러려니 하는 마음으로 다림질을 계속했다. 엄마가 하던 일을 맡아 하면서 연수는 새삼 집안일에 대해 알아지는 게 있었다. 엄마 혼자서 언제 이 많은 일을 다 했나 싶을 정도로 빨래는 매일매일 쏟아져 나왔다. 잠시만 틈을 두면 설거지거리가 한 가득 생겼고, 한 끼 한 끼 음식 장만하는 일도 보통 성가신 게 아니었다. 오늘 하루 다림질을 해놓아야 할 옷만 해도 수북하게 쌓여 있었다.

"어머머! 안주인이 아프면 장맛부터 변한다더니, 이 한겨울에 고추장이며 된장이며, 독한 간장까지 옴팡 하얗게 곰팡이가 일구 말라붙은 구데기가 버글버글한 게 난리두 아니에요, 형님!"

그 소리에 엄마가 소파에서 벌떡 일어났다.

"무슨 말이야, 그게?"

엄마는 놀란 얼굴로 근덕댁이 들고 있는 고추장 그릇을 들여다보았다.

"이거 보세요. 내가 골라내구 골라내구 해서 퍼 온 건데, 맛이 완전히 갔어요."

엄마는 고추장을 손가락으로 찍어 맛을 보았다. 엄마의 얼굴이 금세 울상이 되었다.

"세상에, 세상에. 이게 웬일이야! 삼십여 년 장 담그며 한 번도 이런 적이 없었는데…. 병원 가기 전에두 멀쩡했는데… 뭔 일이래, 이게?"

엄마는 속상해서 혀를 끌끌 차며 장독대로 향했다. 연수는 엄마의 뒷모습을 아프게 바라보았다. 아픈 사람 앞에 놓고 주책없이 호들갑을 떠는 외숙모를 탓하기보다는 그 속된 미신을 차라리 무시해버리지 못하는 어머니가 더 가여웠다.

연수는 주방 식탁에 앉아 있다 굳은 얼굴로 제 방으로 올라가는 정수를 의식하며 묵묵히 다림질에 열중했다.

"서리처럼 곰팡이가 하얗게 주저앉았어요, 형님. 정말이에요."

근덕댁이 장독대까지 엄마를 쫓아 나오며 수선을 떨었다.

된장독 뚜껑을 열어본 엄마는 눈이 휘둥그레졌다. 밀가루를 뒤집어쓴 것처럼 새하얀 곰팡이가 독 안 가득 피어 있었다. 고추장독을 열어보아도 마찬가지였다.

"형님, 혹시 몸이 더 나빠지시는 거 아니에요? 안주인이 아프면 펄펄 끓던 장도 순식간에 식는다는데."

근덕댁의 속없는 말 한마디에 엄마는 잠시 멀미를 느낀 듯 아찔한 표정을 지었다. 뒤에서 몰래 그 모습을 바라보던 연수는 가슴이 철렁 내려앉는 것 같았다.

엄마는 무슨 불길한 징조라도 대하듯 장독 앞에서 한 발 물러서고 있었다.

"정말 희한한 일이죠, 형님?"

근덕댁의 입방정은 거실에 들어와서도 계속되었다. 연수는 못 들은 척 다림질한 옷을 챙겨 들고 안방으로 향했다. 뒤에서 엄마가 그녀를 불렀다.

"연수야, 아버지 건 놔둬. 엄마가 할게."

"오늘은 제가 할게요."

안방에 들어와보니 이부자리도 그대로였다. 연수는 먼저 이불부터 개서 장에 넣은 다음 작은 요와 이불을 꺼냈다. 엄마가 눕기 편하도록 한쪽에 이불을 깔아놓은 다음 옷장 문을 열었다.

처음으로 눈여겨보는 엄마의 옷장. 순간 연수는 아찔한 충격으로 몸이 떨려왔다. 반듯하게 다려진 형태로 켜켜이 쌓여 있는 아버지의 와이셔츠, 장롱 옷걸이엔 역시 나름대로 모양을 내서 걸어둔 양복들….

연수는 천천히 아래 서랍을 열어보았다. 칸마다 아버지의 속옷이며 양말, 손수건 등이 눈이 부시도록 정갈하게 정리되어 있었다.

그 꼼꼼하고 정성스런 모양새. 연수는 완벽하게 정리되어 있는 장롱 안이 무척 낯익었다. 문짝에 나란히 매달려 있는 예닐곱 개의 넥타이 가운데 몇 개는 동그랗게 매듭이 지어져 있다. 거기까지 보고 난 뒤 연수는 그 자리에 주저앉고 말았다.

몰랐었다. 그동안은 한 번도 생각해본 적 없었다. 엄마는 그저 엄마였고, 할머니의 며느리였고, 무심한 아버지를 챙겨주는 아내라고만 생각했었다. 헌데, 엄마의 방에서 느닷없이, 며칠 전 영석의 집 안방에서 보았던 사진 속 그의 아내가 떠올랐다. 남자와 여자, 아니 아내와 남편이란 게 이런 거였구나. 아내의 손길이 하나하나 모이고 모여 완성되는 게 남자, 남편이었구나.

연수는 그제야 알았다. 그동안 연수 눈에 근사하고 멋지게 보였던 영석의 모든 모습은 그 아내의 손길이 닿아 빚은 괜찮은 작품이었다는 것을.

공교롭게도 그날 저녁 영석에게서 전화가 걸려왔다. 연수는 문득 그가 자신에게 무엇인가 하는 생각이 들었다. 지칠 대로 지쳐 있는 연수에게 영석은 결코 힘이 되어주지 못했다. 오히려 연수를 더 지치게 했다. 절실하게 기대고 싶을 때 기댈 수 없는 사람, 그 외로움과 배신감이 연수를 더욱 지치게 했다.

연수는 낮에 엄마 방에서 느꼈던 당혹감을 잊을 수가 없었다. 세상에서 가장 사랑하는 엄마와 그의 아내가 겹쳐 오리라곤 생각지도 못했다. 연수는 이 사랑을 계속 이어갈 자신이 없어졌다. 그와의 이별을 떠올리자 벌써부터 가슴이 아려오기 시작했다.

대문 앞까지 찾아온 영석은 연수를 태운 뒤 말없이 한강으로 차를 몰았다. 겨울 저녁의 한강은 을씨년스러웠다. 영석의 승용차가 한강변에 멎었을 때에도 두 사람은 한동안 말이 없었다.

"어머니가 그렇게 안 좋으신지 정말 몰랐다. 알았다면 그날 무슨 일이 있어도 나갔을 거야."

굳은 얼굴로 담배를 피우던 영석이 먼저 입을 열었다.

"… 우리 이제 그만 만나요."

연수는 마음을 다잡고 말했다. 영석의 눈빛이 곤혹스럽게 흔들리고 있다. 연수는 어둠 저편으로 길게 누운 강을 한동안 바라보았다. 그리고 준비한 말을 이어 나갔다.

"매 끼니마다 나랑 같이 밥 먹을 수 있어요? 내가 사준 넥타이 떳떳하게 맬 수 있나요? 컴컴한 비상구 말구 딴 데서 날 안을 수 있어요? 사람 많은 곳에서 두리번거리지 않고 나랑 나란히 서서 갈 수 있어요? 그럴 수 있어요?"

남몰래 품어온 욕심, 그 불문율의 금기사항을 연수는 한 가지씩 토해냈다.

"사랑에도 공식이 있다는 걸 오늘 알았어요. 처녀는 총각을 만날 것, 유부남은 가정만 알 것."

영석의 고개가 힘없이 기울어졌다. 조용히 그를 바라보는 연수의 눈가에 눈물이 맺혔다.

"오늘 엄마한테서 당신 부인을 보았어요. … 나, 잘 살게요. 좋은 남자 만나 우리 엄마처럼, 당신 부인처럼 착하게 살 거예요. 남들에게 자랑할 수 있는 그런 사랑을 할 거예요. 내 남자는 잠버릇이 이렇더라, 나 없이는 양말도 못 찾아 신고, 세수를 할 때면 옷이 앞섶까지 젖더라, 난 그런 남자가 하루에도 열두 번씩 보고 싶더라…."

영석은 연수가 주문처럼 되뇌는 말을 한 마디씩 아프게 새기고 있었다. 그리고 한숨을 내쉬듯 담배 연기를 길게 내뿜었다.

"널 조금만… 더… 일찍 만났더라면… 좋았을걸…."

연수는 끝내 눈물이 그렁해진 영석을 아프게 바라보았다.

"우리 인연이 이것밖엔 되지 않았어요."

연수의 뺨을 타고 눈물이 흘러내렸다. 이젠 정말 그를 보내는구나! 아려오는 아픔을 느끼며, 연수는 강물을 볼 수 있어서 다행이라고, 서로 마주 보지 않고 작별할 수 있어서 다행이라고 생각했다. 깊은 어둠에 잠긴 강물처럼 자꾸 가라앉으려는 마음을 연수는 애써 다독거렸다.

십 년이나 이십 년쯤 세월이 흐르면 두 사람 모두 오늘 이 강가에 오길 잘했다고, 그게 옳은 선택이었다고 생각하게 되길 바랐다.

그를 품었던 그 가슴 벅찼던 사랑만으로도 충분했다고. 그 사랑에 후회가 없었기에 연수는 기꺼이 오늘의 아픈 선택을 받아들일 수 있었다.

며칠 뒤, 예년보다 조금 늦게 첫눈이 내렸다. 마치 첫눈이 오길 기다리기라도 한 것처럼 눈과 함께 엄마의 통증이 본격적으로 시작되었다.

저녁부터 속이 거북해 힘들어하던 엄마가 한밤중에 기다시피 화장실로 갔다. 식구들이 모두 잠들어 있는 시각, 엄마는 좌변기에 매달려 구역질을 했다. 배 아래쪽에서 목구멍으로 치받쳐 오르는 날카로운 통증과 함께 쓴물이 쏟아져 나왔다. 수술이 끝났고 항암제도 꾸준히 먹어 이제 별 탈 없으리라 믿었던 엄마는 한 주먹이나 쏟아져 나온 노란 토사물을 보고는 와락 겁이 났다.

"여보!"

엄마가 신음하듯 아버지를 불렀다. 입가에는 뒤늦게 피가 번지고 있었다. 화장실 바닥에 주저앉은 엄마의 입술 사이로 핏물이 뚝뚝 떨어져 목덜미를 타고 흘러내렸다. 엄마는 자신의 입에서 피가 흘러나오는 것도 모르고 있었다. 구토와 더불어 온몸을 관통하는 한기. 그것만으로도 엄마의 공포는 통증보다 강하게 심장을 죄어오고 있었다.

"여보!"

안방에서 자고 있던 아버지가 눈을 뜬 것은 새벽 두 시경이었다. 어디선가 들려오는 신음소리에 얼핏 잠에서 깨어난 것이다.

"여보…."

숨이 끊어질 듯 잦아드는 엄마의 신음소리. 아버지는 벌떡 일어나 앉았다. 사방을 두리번거렸지만 엄마는 보이지 않는다. 아버지는 후다닥 방을 나와 소리가 나는 화장실로 달려갔다.

엄마는 화장실 바닥에 주저앉아 몸을 숙인 채 온몸을 바들바들 떨고 있었다. 아버지는 섬뜩한 예감으로 감전된 듯 그 자리에 우뚝 멈췄다. 이내 조심스럽게 다가가 엄마의 몸을 돌려세웠다. 엄마의 몸은 식은땀으로 흥건히 젖어 있었고, 입에서는 핏물이 뚝뚝 떨어지고 있었다.

"괜찮아?"

아버지는 바르르 떨리는 손길로 엄마의 뺨을 어루만졌다. 쓰러질 듯 몸을 휘청이던 엄마가 '억!' 하는 소리와 함께 핏덩이를 토해냈다. 순식간에 사방으로 튄 핏물이 아버지의 손과 옷을 붉게 물들였다.

"여보!"

아버지는 하늘이 무너지는 심정으로 소리쳤다. 피투성이가 된 얼굴을 아버지의 가슴에 묻고 엄마가 묻는다.

"여보, 나 왜 이래, 수술했는데… 나 왜 이래? 여보…."

엄마는 사시나무 떨듯 온몸을 떨었다. 눈물범벅이 된 아버지는 엄마를 부둥켜안고 하염없이 등을 쓸어주었다. 이 여자의 마음이, 몸이 이렇게 떨리는데도 자신이 해줄 수 있는 건 그저 등을 쓰다듬어주는 일밖엔 없었다. 그러나 이 연약한 여자의 몸뚱아리를 갉아먹고 있는 고통은 그가 손바닥으로 어루만져준다고 해서 덜어지는 게 결코 아니었다.

"여보, 나 왜 이래?"

엄마는 발을 동동 구르며 본능적으로 구원을 청하고 있었다. 아버지는 가슴이 찢기는 아픔으로 긴 신음소리만 토해냈다.

"나 죽나 봐, 그치! 여보, 안 낫나 봐, 그치?"

엄마는 한사코 고개를 들어 아버지의 눈을 보려 했다. 그런 엄마의 눈을 차마 볼 수 없는 아버지는 그저 엄마를 더욱 세게 끌어안을 뿐이었다.

"여보, 나 왜 이러니? 나 아퍼, 여보."

헛구역질에 놀라고, 으스스 휘몰아치는 한기에 놀라고, 입술 사이로 꾸역꾸역 쏟아져 내리는 핏덩어리에 놀란 엄마가 이번엔 거울에 비친 자신의 모습을 보고 넋이 나갔다.

"된장 고추장이 다 썩었던데… 나 죽지? 나 죽는 거지?"

마침내 엄마는 엉엉 목 놓아 울기 시작했다. 죽어가는 늙은 여자의 절규가 적막에 싸여 있던 집 안에 울려 퍼졌다. 그 바람에 자고 있던 두 남매가 각자 방에서 뛰쳐나와 아래층으로 달려왔다.

"엄마!"

피칠갑을 하고 주저앉아 엉엉 우는 엄마를 본 정수가 소스라치게 놀라며 소리를 질렀다.

아버지 품에 안겨 울부짖던 엄마가 고개를 들었다. 엄마의 얼굴 역시 피범벅이 되어 있었다.

"정수야!"

정수는 와락 달려들어 엄마의 얼굴을 감싸 안았다.

"엄마! 엄마, 엄마, 엄마, 엄마!"

정수는 겁에 질려 울음을 터뜨렸다.

연수는 엄마를 안고 짐승처럼 목울음을 토해내는 아버지와 넋 나간 듯 울부짖고 있는 정수 뒤에 그저 망연자실한 모습으로 서 있었다.

6

"어머니, 나랑 같이 죽자! 나 죽으면 어떻게 살래? 나랑 같이 죽자!
애들 고생 그만 시키고, 나랑 같이 죽자! 어머니이….
이런 말 하는 거 아닌데…
어머니, 정신 드실 때 혀라도 깨물어, 나 따라와.
아범이랑 애들 고생시키지 말고, 나 따라와. 기다릴게."

엄마는 서서히 자신의 목을 조여오고 있는 죽음의 그림자를 보았다. 아무도 그녀에게 죽음을 말하지 않았다. 엄마가 본 죽음의 그림자는, 그녀의 목숨이 본능으로 가지고 있는 어떤 예감과도 같은 것이었다.

한낮에 정원 의자에 앉아 잠시 잠깐 인색하게 내리쬐는 겨울 햇빛을 쬐고 있자면, 엄마는 시시각각 흐려지는 제 목숨의 그림자가 느껴졌다. 깊은 밤, 잠자리에 누워 있을 때에도 먼 데서 끊임없이 자신의 이름을 부르는 누군가의 속삭임이 들려오는 듯했다.

처음에 그것은 징그럽고도 불쾌한 유혹이었다. 보지 않으려 해도 눈에 들어오는 손짓. 듣지 않으려 귀를 막아도 그것은 은밀한 속삭임으로, 역한 기운으로, 혹은 거부할 수 없는 몸짓으로 이미 엄마 곁에 와 있었다.

몸으로도 그것을 느낄 수 있었다. 가만히 앉아 있다가도 컥컥 숨이 막혀와 정신없이 화장실로 달려가면 목구멍을 타고 넘어오는 붉은 피! 온몸을 찢어발길 듯 엄습하는 잦은 통증. 순간순간 만져지는 모든 것들이 그녀를 이승에서 저 강 너머로 밀어내고 있었다.

추적추적 겨울비라도 내리는 밤이면 검은 망토를 걸친 사내가 창가에 와서 똑똑 문을 두드리는 것만 같았다. 사방에서 죽음은 어서 오라 손짓을 하고 있는데, 엄마는 아직 떠날 준비가 되어 있지 않았다.

뿌리가 잘린 꽃처럼 점점 시들어가는 엄마의 얼굴에 모처럼 단아한 빛이 떠올랐다. 엄마는 천천히 몸을 일으켜 집 안을 한 바퀴 둘러보았다. 오랜 세월 객지를 떠돌다 이제 막 집에 도착한 여인처럼, 엄마는 그립고 사무치는 눈빛으로 집 안 구석구석을 오래도록 살펴보았다. 그러다가 문득 안방으로 향했다. 느릿느릿, 전혀 서두르지도 않는 걸음이었다.

방 안에서 엄마가 맨 처음 눈여겨본 것은 시집올 때 가져온 자개장롱이었다. 세월의 더께로 이미 낡고 초라해진 장롱이지만 그래도 안방에선 가장 귀하고 소중한 물건이었다.

새집으로 이사 가면 바꾸려고 했는데, 아무래도 그냥 가져가는 게 좋지 싶다. 내가 죽더라도 저 장롱이나마 남아서….

그러다 문득 엄마는 고개를 젓는다. 이젠 내 몫이 아니다. 산 자의 인생이고 산 자의 몫이다. 저 자개장롱이든 무엇이든 남은 사람들이 알아서 할 일이다. 새집 안방에 다시 틀고 앉든 말든, 내 죽은 육신 태울 불쏘시개가 되든 말든….

엄마는 장롱에서 한참 동안 눈을 떼지 못했다. 서랍 안에는 삼십 년 동안 살 부비며 살아온 아버지의 옷가지들이 가지런히 걸려 있었다. 살다 보니 그것들은 아버지의 체온보다 더 자주 엄마의 손길을 타곤 했다.

젊어서는 왠지 손님처럼 어렵고 낯설기만 하던 아버지였기에 속상한 일이 있어도 말은 못 하고, 괜히 야속한 심사를 옷가지에 대고 넋두리하던 날이 많았다. 다듬잇방망이로 빨랫감을 두들겨가며, 조물조물 양말짝을 주물러가며, 때 낀 와이셔츠를 솔로 박박 문질러가며 속으로 얼마나 많은 푸념들을 늘어놓았던가.

그 아슴아슴한 세월의 저편 어딘가 아직도 빨랫줄에 걸려 펄럭이고 있을 젊은 날의 고단한 기억들. 엄마는 이제 그 기억들이 하나도 아프지 않다. 흘러간 영화의 한 장면처럼 슬프고 아름다운, 그래서 그저 한 번쯤은 다시 돌아가도 좋을 추억만이 엄마를 목 메이게 했다.

문갑 속에는 힘들었지만 보람도 적지 않았던 살림의 기록들이 고스란히 담겨 있다. 그곳은 엄마의 보물창고였다. 삼십 년 동안 꼼꼼히 적은 가계부만도 십여 권. 어떤 것은 너무 낡아 귀퉁이가 해진 것도 있지만, 한 집안의 역사가 빠짐없이 기록되어 있는 것들이다.

남편한테 첫 월급을 받은 게 언제였더라. 처음 몇 권을 들춰보아도 목돈을 받아 쓴 기록은 나와 있지 않다. 엄마가 시집온 지 십 년이 지나도록 할머니는 경제권을 넘겨주지 않았다. 그런 할머니한테 아버지의 월급을 쪼개 받으며 살아야 했던 세월의 흔적이 거기 고스란히 남아 있는 것이다.

그 외 드문드문 차입금이 적혀 있거나 지불해야 할 이자에 대한 기록도 보인다. 알뜰살뜰 모아 적금 탄 일, 할머니 환갑 잔치 해드린 일, 할아버지 묘소에 상석 세운 일, 연수 치아 교정해준 일, 정수 간염 치료한 일, 집들이 음식 장만한 일, 도배 새로 한 일, 아버지 양복 맞춰 입히고 연수 입학식 간 일, 은행에서 대출받은 일…. 그런 소소한 기록들이 담겨 있는 가계부는 그 이전 것들보다 더 반들반들 귀가 닳아 있다. 거기부터가 직접 살림을 맡아 살아온 세월이었다.

엄마는 방바닥에 가계부며 통장이며 잡다한 서류들을 다 꺼내놓고 한참을 들여다보았다. 그러다 그 중 몇 가지를 챙겨 문갑 속에 따로 보관해놓고 남은 것들을 하나하나 정리해 나가기 시작했다.

"형님, 뭘 그렇게 들여다보고 계세요?"

근덕댁이 문을 빠끔히 열고 들어왔다. 계속되는 병간호에 지치기도 하련만 올케는 항상 다람쥐처럼 빠르고 호기심도 많다.

엄마는 요 며칠 올케가 남몰래 화장실에서 찔찔 짜곤 한다는 걸 눈치로 알고 있다. 천성이 쾌활하다 보니 우거지상으로 지내는 날은 거의 없지만, 그래도 요즘 들어 엄마 걱정으로 몹시 풀이 죽어 있는 건 사실이다. 어디 엄마 걱정뿐이랴. 팔불출 근덕이 때문에 속도 어지간히 썩어 지낼 터였다.

"마침 잘 왔어. 이리 와 앉아."

근덕댁은 막상 제 발로 걸어 들어왔으면서도 앉으라는 말에는 쭈뼛거리며 눈치를 본다. 누가 정색을 하면 지레 주눅이 드는 주변머리 없는 성격이 근덕댁을 자꾸 어수룩한 사람처럼 보이게 만드는 것이다.

엄마는 그런 올케를 부드럽게 바라보다 반쯤 접은 노란 봉투를 하나 건네주었다.

"이거 가지고 집에 가."

"왜요? 제가 뭘 잘못했어요?"

근덕댁은 갑자기 집엘 가라고 하니 깜짝 놀라 울상을 지었다. 봉투도 받지 않으려 손사래를 치며 애처로운 눈빛으로 엄마를 보고만 있다. 엄마는 올케가 왜 이렇게 질색하는지 그 마음을 잘 알고 있었지만 언제까지고 잡아둘 수만은 없는 일이었다.

"근덕이 놔두고 여기서 살 거야?"

"요즘은 들어오지두 않아요."

"집에 가. 밀린 일이 태산일 텐데…."

그 말엔 근덕댁도 더 고집을 피우지 않았다. 사실 그녀도 집 걱정으로 심란할 때가 있긴 했던 것이다. 그러면서도 엄마가 내민 봉투는 슬그머니 앞으로 밀어놓았다.

"간호비라면 싫어요."

"나 돈 없어. 돈 아니야. 뭔지는 집에 가서 보구. 어여 가지구 가."

"제가 있으면 밥이라두 하는데…."

근덕댁은 코를 훌쩍이기 시작했다. 워낙 정이 많은데다 친언니처럼 따르던 엄마를 병석에 두고 가려니 마음이 아픈 것이다. 엄마는 올케의 그 착한 마음을 너무 잘 알기에 돌려보내야만 했다.

"나, 연수가 지어주는 밥 먹을래."

"형님 옆에 있고 싶은데…."

"귀찮어. 내 옆에 사람 많어."

근덕댁이 또 눈물을 훌쩍인다. 조심성 없이 함부로 지껄이고, 시도 때도 없이 눈물도 많고, 거꾸로 웃기도 잘하는 푼수였지만 속정은 무척 깊은 여자다. 엄마는 착한 올케를 촉촉한 눈길로 바라보며 마지막 당부의 말을 이었다.

"꼭 우리 근덕이 옆에 있어. 그놈이 뭐라고 해도 어디 가지 말구 꼭 옆에 있어. 제 놈이 지금 힘이 넘쳐 꽥꽥대긴 해두 늙어봐. 올케한테 미안한 거 알구 잘 할걸. 어머니 일찍 돌아가시구 내가 업어

키운 애야. 걔가 부모 정을 못 받고 자라 그렇지, 본성은 나쁜 애가 아니야."

"… 아, 알아요."

엄마는 어깨를 들썩이며 흐느끼는 올케 손에 다시 노란 봉투를 쥐여주었다.

"그리고 이거, 근덕이하고 올케만 아는 거야. 아무한테도 말하지 마."

근덕댁이 영문을 몰라 두 눈을 끔벅거렸다.

"더 늦기 전에 어여 가. 나 피곤해서 눕고 싶어."

엄마가 손짓을 하자 근덕댁은 석연찮은 표정으로 자리를 떴다. 근덕댁이 방문을 닫고 나간 뒤에도 한동안 시선을 거두지 못하던 엄마는 조용히 쓰러지듯 방바닥에 누웠다.

어디선가 그 알 수 없는 속삭임이 다시 들려오는 것 같았다. 땅속 깊은 곳에서인 듯, 하늘 밖에서인 듯 아련하게 들려오는 그 소리는 분명 자신의 이름을 부르고 있었다.

엄마는 이제 그 소리가 무섭지 않다. 평생을 부정하는 것보다 인정하고 받아들이는 데 익숙해져온 엄마였다. 피할 수 없다는 걸 알기에 엄마는 자신의 죽음조차 선선히 받아들이고 있었다.

모처럼 재수 좋은 날이다. 근덕은 두둑해진 주머니를 한번 만져 보고는 입이 째져라 호탕하게 웃었다. 지나가는 사람들이 밤중에 웬 미친놈이 저러나 수상한 눈길로 힐끔거렸다.

'그게 뭐 대수냐? 내 기분이 좋으면 장땡이지.'

근덕은 휘파람까지 휙휙 불어대며 산동네 가파른 골목길을 한달음에 오르는 중이었다. 노름판에서 돈을 따보기는 몇 개월 만에 처음이었다. 그동안 갖다 바친 돈만 해도 얼마였던가. 까짓 잃은 돈이야 술 먹어 없앴다고 생각하면 그만이고, 이제 목돈도 들어왔으니 한 몇 달 마음잡고 착실히 살아볼까 싶기도 했다.

한번 해본 생각이긴 해도, 그나마 자신이 기특할 정도로 건전해지는 건 꼭 돈을 손에 쥐었을 때뿐이었다. 돈이 궁할 땐 어떻게든

빨리 돈을 변통해 노름판으로 달려가야지 하는 생각뿐이었고, 목돈이 좀 생겨야 잠시 잠깐 이제 좀 사람답게 살아볼까 하고 제법 멀쩡한 생각도 해보는 것이다. 그러나 의지가 약한 사람이 죄 그렇듯, 쉽게 번 돈이라고 흥청망청 날리다 보면 며칠 못 가 기어이 노름판을 기웃거리고 마는 게 근덕이었다.

어쨌거나 기분이 잔뜩 좋아진 근덕이 호기롭게 대문을 열어젖혔다. 방 안에 불이 켜져 있는 걸 보니 아내가 돌아온 모양이었다. 그는 아무렇게나 벗어놓은 아내의 낡은 구두 뒤축을 힐끗 보며 이참에 옷이라도 한 벌 좌악 뽑아 입혀야겠다 마음먹는다. 성질이 수다스럽고 종알종알 바가지 긁는 덴 선수였지만, 그래도 저만큼 무던한 여편네도 없다.

근덕은 아내를 놀래줄 심산으로 소리 없이 마루로 올라가 방문을 벌컥 열었다. 그런데 무슨 일인지 근덕댁은 벽에 등을 기댄 채 곡절 많은 여자처럼 징징 울고 있었다.

"너, 왜 울어? 서방 죽었냐, 왜 울고 지랄이야?"

근덕은 청승맞게 울고 있는 아내를 내려다보며 웃옷을 아무렇게나 벗어 던졌다. 모처럼 기분이 좋았는데 그 꼴을 보자 버럭 짜증이 난 것이다. 그러다가 또 금세 마음이 풀어진 근덕은 바지 주머니에서 돈뭉치를 꺼내 보이며 아내의 기분을 달래주려 했다.

"야, 너 이만한 돈 봤냐? 못 봤지?"

하지만 근덕댁은 여전히 눈물바람이다. 근덕은 돈뭉치를 좀 더 확실히 보여주려고 몸을 굽혀 아내의 어깨를 자기 쪽으로 돌려세웠다.

"야, 이거 돈이라니까? 돈 주는데 싫어?"

순간 근덕은 섬뜩한 느낌을 받았다. 눈을 부릅뜨고 자신을 노려보는 아내의 얼굴에서 불길이 활활 이는 것 같았기 때문이다. 아내의 터질 것 같은 분노에 멈칫해 있던 근덕에게 근덕댁이 와락 달려들었다. 그러더니 근덕의 팔을 냅다 물어뜯기 시작했다.

"아악!"

다급해진 근덕이 비명을 지르며 아내의 등짝을 세차게 후려쳤다. 그래도 근덕댁은 악에 받친 사람처럼 근덕의 팔에서 떨어지지 않았다.

"이게 미쳤나. 놔, 아퍼, 이년아!"

근덕은 고함을 질러대며 아내를 떼어내려고 안간힘을 썼다. 죽자고 달려든 근덕댁은 여간해선 물고 있는 팔뚝을 놓아줄 기세가 아니었다. 근덕은 있는 힘을 다해 근덕댁의 등을 주먹으로 후려쳤다. 그제야 근덕댁은 제풀에 지쳐 방구석으로 나동그라졌다.

"너 돌았니? 왜 그래, 엉?"

근덕의 팔뚝에서 피가 뚝뚝 흘러내렸다. 얼마나 세게 물었던지 아직도 물린 자리가 욱신거려 정신이 얼얼했다.

아픈 것도 아픈 거지만 전에 없던 아내의 분노가 낯설고 얼떨떨

했다. 계집질을 하다가 들켰을 때도, 악다구니만 퍼부었을 뿐 근덕의 몸에는 손 하나 까딱하지 않았던 아내다. 무엇이 아내를 이토록 악에 받치게 한 것인지 근덕은 어리둥절할 따름이었다.

"그래, 나 미쳤다. 미쳤어, 이 인간아!"

근덕댁은 서류 하나를 근덕에게 던지며 악을 쓰며 울어댔다.

"그게 뭔지나 알어?"

근덕은 심상찮은 근덕댁의 기세에 한껏 기가 꺾여 있었다. 잠시 멍해 있던 근덕이 발 앞에 떨어져 있는 서류를 집어 들었다.

"이게 뭐야?"

어디서 빚 독촉이라도 왔나 싶어 봉투를 열어본 근덕은 또 한 번 얼떨떨해지고 말았다. 봉투 안에서 나온 것은 생뚱맞게도 생명보험 증서였다. 그것도 가입자가 김인희, 누나 이름으로 된 증서였다.

"니 누나 곧 죽는대…."

근덕은 넋이 나간 얼굴로 악을 쓰며 울부짖는 근덕댁을 바라보았다.

"그거, 니 누나가 자기 죽으면 너한테 주려고 식구들 몰래 들어놓은 거래! 알어? 이 나쁜 인간아…. 행여, 행여 니가 그 맘 알겠다, 행여 니가 알겠어! 너 같은 인간이 뭘 알어?"

근덕은 번개라도 맞은 사람처럼 입을 쩍 벌린 채 서 있었다. 속이 상한 근덕댁이 빗자루를 들어 사정없이 등짝을 두들겨 패도 근덕은 못 박힌 듯 그 자리에서 꿈쩍도 하지 않았다.

“그것두 갖다 도박해라! 그것도 갖다 도박하라구, 이 인간아! 그것도 갖다 기집질해, 이 인간아! 너 이제 어떻게 살래! 평생 누나 등골 빼 먹고 살다, 이제 어떻게 살래… 어떻게 살래!”

엉엉 울며 퍼부어대는 아내의 가시 돋친 말도 근덕에겐 들리지 않았다. 자신을 두들겨 패다 지친 아내가 방바닥에 퍼질러 앉아 발버둥을 치는 모습도 눈에 들어오지 않았다. 세상이 순간 멈춰버린 듯 근덕은 아무 생각도 할 수 없었다.

누나가 죽을 줄은 몰랐다. 설마 그 산처럼 든든하던 누나가 죽을 줄은 몰랐다. 누나는 그에게 어머니였고, 떠돌다 돌아가면 언제든 맞아주는 고향집과도 같은 존재였다.

그런 누나가 죽다니, 죽다니…. 지난번에 병원에 가서 그 악담만 안 했더라도 이렇듯 마음이 쓰리진 않았을 것을. 천하에 불한당 같은 놈, 아파서 수술까지 한 누나한테 그토록 모진 악담을 퍼붓고 병원비까지 들고 나오다니….

굳은 듯 서 있던 근덕의 눈에서 물꼬가 터진 듯 하염없이 눈물이 흘러나왔다. 불효만 저질렀던 자식이 어머니의 죽음 앞에서 가슴 찢기는 회한으로 통곡하듯, 근덕은 숨죽여 통곡하고 있었다.

며칠 무거운 침묵이 집 안을 감싸고 있었다. 엄마의 통증은 점점 심해졌고, 하루에도 몇 번씩 피를 토했다. 어느 날은 좌변기를 붙잡고 죽은 듯 쓰러져 있기도 했다. 그럴 때마다 아버지는 시체처럼 늘어진 엄마를 품에 안고 안방으로 옮겼다. 연수는 엄마를 안고 걸어가는 아버지의 막막한 얼굴을 볼 때마다 숨이 막히는 아픔을 느꼈다.

엄마는 통증이 와도 전처럼 놀라거나 울부짖지 않았다. 그저 식구들 모르게 화장실에서 오래 헛구역질을 해대고, 그러다가 쓰러져 잠드는 게 엄마의 하루 일과였다. 눈에 보이지 않는 엄마의 사투를 식구들은 모두 참담한 침묵으로 지켜보는 수밖에 없었다.

그러던 어느 아침, 연수는 밥을 하러 아래층으로 내려오다 문득 여느 날과 다른 집안 공기를 느꼈다. 이른 시간인데도 거실 커튼이 활짝 열려 있었고 주방에선 귀에 익은 도마 소리가 들려왔다. 엄마가 건강했을 때의 그 안온한 아침 풍경. 이제는 낯선 풍경이 되어버린 집 안 분위기에 연수는 황급히 주방으로 향했다. 엄마가 벌써 쌀을 씻어 안친 뒤 호박이며 감자, 대파 등을 가지런히 다듬고 있는 중이었다.

"놔두세요. 제가 할 테니 쉬세요."

연수가 엄마 손에 들린 칼을 빼앗으려 했다.

"다쳐. 엄마가 할게."

엄마는 연수가 못 미더운 듯 칼을 내주지 않았다. 칼질을 하는 엄마의 손목은 뼈가 앙상하게 드러나 애처로워 보였다. 연수는 차마 볼 수 없어 엄마의 손목을 잡았다.

"제가 할게요."

"놔둬라. 내가 벌써 송장 됐어? 왜 다들 사람 움직이는 걸 못 봐?"

엄마가 짜증을 냈다.

"힘드시잖아요."

"이 정도는 할 수 있어."

엄마의 고집에 더 어쩌지 못하고 연수는 식탁으로 가 앉았다. 가만히 엄마를 바라보던 연수는 그 따뜻하고 편안한 정경에 울컥 눈시울이 뜨거워졌다. 요리를 하는 엄마의 뒷모습만으로도 집 안 공기가 이렇듯 따뜻할 수 있다는 걸 예전엔 왜 몰랐을까.

"일 안 나가?"

엄마의 말에 연수는 황급히 감정을 추슬렀다.

"오늘 잠깐 나가봐야 해요."

"일 나가. 일 다 그만두고 나 죽기 기다렸다, 나 죽으면 손가락 빨고 살 거야?"

연수는 오늘 그동안 냈던 결근계에 이어 아예 휴직계까지 내려던 참이었다. 엄마에게 이렇다 할 대답도 못 하고 연수는 식탁에 앉아 물컵만 만지작거렸다.

"그리고 된장찌개엔 꼭 쌀뜨물 쓰고, 처음 끓일 때부터 호박 넣으라구 몇 번을 말하니? 다 끓은 뒤 넣으면 서걱서걱한 게 그게 무슨 맛이 있어? 모양내다 맛 버려. 된장찌개도 하나 제대로 못 끓이구 어떻게 시집을 갈라는지…."

연수는 엄마의 잔소리가 듣기 좋았다. 생기 있는 그 모습이 보기 좋아 연수는 엄마에게서 시선을 떼지 못했다. 지금 이 순간을 눈에, 가슴에 차곡차곡 담기라도 하듯 그렇게 한참을 바라보았다.

엄마는 된장 뚝배기에 재료들을 쓸어 넣은 뒤 가스레인지 불을 올렸다. 그런 다음 손을 씻고 앞치마를 벗어 있던 자리에 걸어놓은 뒤 안방으로 향했다.

안방에서는 아버지가 이불을 개고 있었다. 예전 같으면 어림도 없는 일이었다. 아버지는 이불을 장롱에 넣으려다 문을 열고 들어서는 엄마를 보자 멋쩍은 표정을 지었다.

"그렇게 잘 하면서 왜 진작 안 했누?"

엄마가 자리에 앉으며 구시렁거렸다. 아버지는 엄마 옆에 따라 앉으며 습관처럼 담배를 꺼내 문다.

"빈속에 그누무 담배는…."

아버지는 오랜만에 듣는 엄마의 잔소리가 반갑다. 담배를 들고 밖으로 나가려는데 엄마가 바짓가랑이를 잡아당겼다.

"그냥 피워요."

아버지는 도로 주저앉아 담배를 한쪽으로 밀어놓았다.

엄마는 문갑에서 서류가 가득 든 상자 하나를 꺼내 왔다. 아버지 앞에 그 서류들을 밀어놓으며 엄마가 퉁명스럽게 설명했다.

"통장이랑 집문서, 땅문서, 보험, 뭐 그런 거예요."

엄마가 지금 무엇을 하려는지 짐작이 갔다. 아버지는 자신도 모르게 이마를 찌푸리며 한쪽에 치워놓았던 담배를 다시 꺼내 물었다. 엄마는 아버지 얼굴은 보지도 않고 여전히 볼멘소리를 했다.

"대충 보니까, 당신 언제 죽을랑가 몰라도 아껴 쓰면 죽을 때까지는 쓰겠대. 당신은 좋겠수, 부자라. 거기 노란 통장은 연수 시집 보낼 거고, 흰 통장은 정수 거니까 애저녁에 손댈 생각 말구요."

아버지는 짐짓 고개를 돌리고 한숨처럼 담배 연기만 내뱉었다.

"당신이 가지고 있어."

"싫어요."

엄마는 단호하게 아버지의 말을 묵살했다.

"내가 뭐 당신 이뻐서 주는 줄 알아요? 나 죽고 나서 통장 어딨나, 울지도 않고 자식새끼들 앞세워 찾아 나설까 봐 주는 거예요. 그 꼴 보기 싫어서."

"안 그럴 테니 넣어둬."

"그럴지 안 그럴지 어떻게 알어."

아버지는 이런 식으로 죽음을 준비하는 엄마의 모습이 측은하면서도 이해가 되기도 했다. 퉁명스런 엄마의 태도는 가족들과 이별하기 위한 준비인 셈이다. 아버지는 무겁게 한숨을 내쉬며 자리에서 일어났다.

"언제 시간 있을 때 나 일산 좀 데리고 가요."

아버지는 엄마의 말에 선뜻 그러마 하고 대답해줄 수가 없었다. 안 그래도 아버지는 요즘 매일 일산으로 출퇴근하다시피 하는 중이었다. 그동안 가구도 들여놓고 집 정리를 하긴 했는데, 도저히 아내를 데리고 갈 용기가 나지 않았다. 예전엔 그 집이 아내의 희망이었지만 이제 그 집은 아내의 죽을 자리가 된 것이다.

"… 집이 얼추 다 됐을 텐데."

엄마는 아버지 눈치를 보며 혼잣말처럼 중얼거렸다.

아버지는 말없이 방을 나왔다. 뒤에서 화가 나 투덜거리는 엄마의 목소리가 들려왔다.

"으이구, 저 주변머리. 죽은 사람 소원두 들어준다는데, 그게 뭐 큰 소원이라구 말을 안 한대. 으이구, 속 터져!"

아버지는 거실 소파에 앉아 담배 연기를 길게 내뿜었다. 아내 소원대로 해주자. 직장엔 며칠 휴가를 냈다고 둘러대고 내일이라도 당장 일산으로 가자. 아버지는 마음속으로 결심을 굳히고 있었다.

차라리 잘된 일이다. 매일 아침 출근하는 척하고 집을 나서는 것도 못할 짓이었다. 아버지에게도 나름대로 소원이 있다면 이참에 엄마와 단둘이서 오붓한 시간을 갖고, 변변찮으나마 손수 밥이라도 한 끼 지어 먹이는 것이었다.

"아버지, 식사하세요. 출근하셔야죠."

한동안 생각에 잠겨 있던 아버지는 연수가 부르는 소리에 주방으로 갔다. 처남댁이 살림을 해줄 땐 밥 먹을 때마다 미안한 마음이 들어 편치 않더니 연수가 집안일을 꼼꼼히 해내는 모습을 보니 기특하기만 했다. 아버지가 주방으로 들어가자 엄마는 할머니에게 가져갈 밥상을 챙기고 있었다.

"제가 해도 되는데요."

연수가 머뭇거리며 엄마에게 쟁반을 건네주었다.

"넌 밥이나 먹어. 나야 급할 거 하나 없으니까."

연수는 엄마의 생기가 반가우면서도 까닭 모를 불안감이 밀려왔다.

할머니는 춥다며 이불까지 뒤집어쓰고 엄마가 떠주는 밥을 받아 먹었다. 엄마는 그 모습이 안쓰럽고 속이 상했다. 날씨가 더 추워지기 전에 집을 옮겨야 하는데 지금 살고 있는 집이 팔리지 않는 바람에 차질이 생겼다. 그놈의 병만 아니었으면 여기저기 돌아다니며 알아볼 텐데, 그저 애간장만 탈 뿐이다.

병원 일로 바쁜 아버지한테 부탁하자니 눈치가 보이고, 복덕방에서 임자를 물색해주겠다고 전화로 약속은 했지만 영 마음이 놓이질 않는다. 일산 집은 제대로 지었나, 한번 가보긴 해야 하는데. 엄마는 이래저래 속만 끓이고 있다.

"에잇, 퉤!"

잘 받아먹던 할머니가 갑자기 방바닥에 밥알을 뱉어냈다.

"왜 그런대, 또?"

엄마는 속이 상했다. 할머니는 팩 토라져 된장국에 비빈 밥알들을 가리켰다.

"썩었어."

"썩긴 뭐가 썩어. 아침에 끓인 게."

"이년이!"

할머니는 뱉어낸 밥알을 집어 엄마 눈앞에 바짝 들이밀며 우겨댄다.

“이게 안 썩었어? 누런데, 이게 안 썩어?”

“되지도 않는 말 어지간히 해요, 정말! 이게 뭐가 썩어? 된장에 비빈 밥이 다 누렇지, 어디가 썩어!”

엄마도 지지 않고 밥그릇을 들어 보이며 따졌다.

“에이, 이년이!”

할머니는 엄마를 매섭게 노려보다가 벌떡 일어나 밥그릇을 낚아챘다. 그러곤 엄마의 머리 위에 냅다 쏟아버렸다. 하루 이틀 당하는 일도 아니지만, 졸지에 밥알을 홀딱 뒤집어쓴 엄마는 부아가 났다.

“이 노인네, 미쳤나 봐, 정말!”

“그래, 나 미쳤다. 미쳤다, 이년아!”

할머니는 길길이 날뛰며 갑자기 방구석에 있는 요강 단지를 번쩍 집어 들었다. 엄마가 말리고 말고 할 틈도 없었다. 와장창, 요강 깨지는 소리가 나고, 뒤이어 엄마의 비명소리가 튀어나왔다.

“아이구, 못 살어! 징글징글해, 정말”

주방에서 밥을 먹고 있던 아버지와 연수, 정수가 건넌방에서 들려오는 비명소리에 놀라 한걸음에 달려왔다. 엄마는 누런 밥알 찌꺼기와 오줌으로 범벅이 되어 방 한가운데 주저앉아 울상을 하고 있었다. 깨진 요강 단지와 엎어진 그릇들로 방 안은 온통 난장판이었고, 할머니는 여전히 씩씩거리며 엄마를 노려보고 있었다.

아버지는 이 기가 막힌 광경에 화가 치밀어 올랐다. 하지만 망령 난 노인네을 어쩌지는 못하고 굳은 듯 서 있었다.

"저 썩은 거 너나 먹어라, 이년. 우리 아들 병원 차려준다더니 병원두 안 차려주구, 이 나쁜 년. 죽어, 이년아, 죽어!"

그래도 분이 안 풀렸는지 할머니는 엄마에게 달려들어 머리채를 잡고 흔들었다.

"놔, 아퍼."

엄마는 머리채를 잡힌 채 비명만 지른다.

"왜 그러세요? 이 손 놔요, 놔요!"

연수와 정수가 달려들어 할머니를 뜯어말렸다.

"나쁜 년, 내 집 망친 년, 이년! 시에밀 까다 만 콩깍지로 아는 이 년, 이년!"

할머니의 욕설은 계속 이어졌다. 속이 상할 대로 상한 엄마는 두 다리를 쭉 뻗고 울어댄다.

"못 살어, 내가. 못 산다, 내가!"

아버지는 울 수도, 화를 낼 수도 없었다. 한 여자는 지린내가 진동하는 방 한쪽에 거지꼴을 하고 앉아 엉엉 울고 있고, 또 한 여자는 그런 며느리가 고소하다는 표정으로 팔을 걷어붙인 채 씩씩 숨을 몰아쉬고 있다. 아버지는 억장이 무너지는 심정으로 방을 나오고 말았다.

눈이라도 한바탕 퍼부으려는지 하늘은 잔뜩 흐려 있었다. 아버지는 차창 밖으로 멀거니 시선을 던진 채 깊은 생각에 빠져 있다. 아침에 벌어졌던 소동이 내내 마음에 걸렸던 것이다. 그런 소동이 어디 어제오늘의 일이겠는가. 일상처럼 보아온 일이었지만 생이 얼마 남지 않은 아내를 저렇게 보내면, 두고두고 한이 될 것 같아 마음이 착잡했다.

연수의 차가 아버지 병원 앞에 와 멎었다. 연수는 넋 나간 듯 창 밖을 바라보고 있는 아버지를 빤히 쳐다보았다. 아버지가 어떤 상념에 잡혀 있을지 짐작이 가기에, 연수도 속이 아려온다.

"아버지, 다 왔어요."

"으응, 그래."

조금 당황한 몸짓으로 차에서 내리던 아버지가 연수를 돌아보며 물었다.

"오늘 오후에 시간 있니?"

"휴직계 내고 조금 있다 들어갈 거예요."

"그래? 그럼 나 좀 보자."

"일이 언제 끝날지 모르는데… 무슨 일이세요?"

후임자에게 업무를 정리해서 넘겨주려면 시간이 얼마쯤 걸릴 것 같았다. 아버지는 연수를 건너다보며 어색하게 뒷머리를 긁었다.

"그냥 볼까 싶어서."

"제가 전화드릴게요."

아버지는 혹시라도 연수가 휴대폰 대신 병원으로 전화를 할까 싶어 뜨끔해서는 서둘러 둘러댄다.

"아니다. 나도 오늘 진료 안 보고 일찍 휴가계만 내고 나올 거야. 내가 근처에 가서 전화하마."

"… 그러실래요?"

"응. 그러자."

아버지는 차에서 내린 뒤에도 어정쩡한 모습으로 차 옆에 서 있었다. 연수는 아버지가 병원으로 들어가길 기다리느라 차를 출발시키지 못하고 있었다.

연수가 아버지를 바라보며 채근했다.

"들어가세요."

"먼저 가라."

연수는 아버지를 뒤로한 채 차를 출발시켰다. 백미러를 통해 한동안 움직이지 않고 서 있는 아버지의 모습이 보였다.

아버지는 연수의 차가 시야에서 멀어진 다음에야 천천히 발길을 옮겨 한길 쪽으로 향했다. 윤 박사와의 약속까지는 세 시간 남짓 남아 있었다. 그동안 혼자 어디든 가서 시간을 보내야 했다. 이른 아침부터 다방에 죽치고 앉아 있는 것도 못할 짓이고, 그 시간에 제일 만만한 곳이라면 서점 아니면 공원이었다.

실업자 생활도 오래 하다 보면 요령이 생긴다더니, 아버지는 일없이 거리를 배회하다 서점이 문을 여는 시간에 맞춰 그곳으로 향했다.

아버지는 서점에 가서도 취업이니 창업이니 하는 직업 관련 서적이 있는 쪽으로는 발걸음도 하지 않았다. 이른 아침에 그런 책이나 들춰보며 남몰래 한숨짓는 사오십 대 사내의 뒷모습이 영 궁상스러워 보였던 것이다.

무슨 쓸데없는 자존심인지 그네들 옆에 서 있으면 자신이 더욱 초라해지는 것 같아 견딜 수가 없었다. 그래서 아버지는 시간에 쫓기는 직장인처럼 눈에 들어오지도 않는 전문서적이나 몇 권 뒤적이며 시간을 보냈다. 그것도 오래 보면 괜스레 뒤통수가 따끔거려

서 그저 길어야 한 시간이 고작이었다.

시간이 또 남는다. 이번엔 공원으로 가본다. 공원에서도 오래 죽치고 앉아 있는 축들은 대개 하릴없는 노인들이나 실업자들이다.

몇 번 와보니 아예 고정된 자리를 차지하고 앉아 소일하는 부류들도 적지 않았다. 한결같이 무기력하고 우울한 표정들. 몇몇 중늙은이는 공연히 무리 사이를 헤집고 다니며 말참견을 하거나 장기판 같은 데서 눈총을 받아가며 훈수를 두는 것으로 소일하고 있다. 당사자들이 영 마뜩잖아 하는데도 나 몰라라 하고 시시콜콜 참견이다. 어디든 끼어 함께하고 싶은 모양이다.

나이가 아주 많은 노인들은 저마다 따로 앉아 비둘기에게 팝콘을 던져주거나 꽁초를 빨며 멍하니 앉아 있다. 이제 그들은 이승에서의 삶에 더 이상 흥미도, 관심도 없어 보인다. 어찌 보면 세월을 관조하는 듯한 태도다.

두셋씩 모여 앉은 노인들도 별말이 없다. 꾹 다문 입술 사이로 가끔 담배 연기만 비어져 나올 뿐이다. 이미 할 말은 다 했고, 남은 일이라곤 손에 묻은 먼지를 털듯 툭툭 시간을 터는 일만 남았다는 듯이 그렇게 멍하니 앉아 있는 것이다.

아버지는 자신이 아직 그들만큼 늙지는 않았지만, 그렇다고 패기 있게 뭔가를 다시 시작할 만큼 젊지도 않다는 것을 잘 알고 있었다. 하긴 환갑이 넘은 나이에 무슨 신명으로 새로운 일을 시작할 수 있으랴, 싶은 아득한 생각이 들기도 했다. 이제 곧 황혼이지, 황혼이야. 아버지는 그렇게 중얼거리며 공원을 빠져나왔다.

점심시간에 맞춰 커피숍에 나타난 윤 박사는 작은 상자를 들고 있었다.

"언니 약이에요."

"고맙다."

"통증이 심하시죠?"

"그런 모양이야."

윤 박사는 아버지의 우울한 대답에 잠자코 차를 마시다 입을 열었다.

"그동안 왜 통 안 오셨어요?"

"일산 새집이 다 됐거든. 나 요즘 거기 다녀. 거기 가면 쓸모없는 나두 할 일이 많아."

윤 박사는 씁쓸한 표정으로 대답하는 아버지를 안쓰럽게 바라보았다. 잠시 주저하던 윤 박사가 말을 꺼냈다.

"저, 전에 부탁하신 얘긴데요."

아버지가 일전에 부탁한 취직자리를 두고 하는 말이었다.

"응, 좀 알아봤어?"

"네. 알아보긴 했는데…."

윤 박사는 왠지 말하기가 미안하다는 표정으로 머뭇거렸다. 아버지는 들고 있던 찻잔을 내려놓으며 담담하게 그녀의 다음 말을 기다렸다.

"보건소 소장 자리예요. 일산 쪽에 새로 생긴…."

순간, 아버지의 안색이 환하게 밝아졌다. 아버지는 윤 박사가 선뜻 말을 못 꺼낸 이유를 알 수 있었다. 보건소 소장 자리라는 게 보수나 직업 환경으로나 의사 시절보다 못하다는 건 말하지 않아도 알 수 있는 일이었다.

"죄송해요. 더 좋은 자리가 있었으면 했는데…."

"무슨 말이야? 보건소 일이면 어때, 괜찮아. 고맙다, 윤아!"

아버지는 그나마 일자리가 생긴 게 얼마나 다행인가 싶었다. 모처럼 활짝 웃는 얼굴로 아버지는 다짐을 받으려는 듯 윤 박사에게 재차 물었다.

"그 자리 틀림없는 거지?"

"그럼요."

"고맙다, 윤아. 내가 나중에 한턱내마."

아버지는 점심이라도 같이 하자는 윤 박사의 제의를 마다하고 커피숍을 나왔다. 거리에 나선 아버지는 깊은 안도의 한숨을 내쉬었다. 아침나절 서점이며 공원을 배회할 때와는 달리 발걸음도 그렇게 가벼울 수가 없었다.

오전 내내 인수인계를 끝낸 뒤 사무실을 나서던 연수는 마침 거래처에서 돌아오는 인철과 마주쳤다. 인철은 연수를 보자 반갑게 다가왔다.

"저, 휴직계 냈어요."

인철은 연수의 말에 무척 당황한 표정이었다.

"괜찮으신 줄 알았는데…."

"저두 괜찮으실 줄 알았어요."

"… 잘 해드려라."

인철은 겨우 그렇게 말했다.

"못 해드린 거, 나중에 한이 될까 두려워 받은 만큼 돌려드리고 싶은데, 아무래도 안 될 것 같아요. 밥도 잘 못 짓구, 빨래도 내가 하면 때가 잘 안 져요. 청소를 해도 한두 군데는 꼭 빠뜨리구."

"자식이 부모한테 받은 걸 다 돌려줄 수는 없어."

인철이 자동판매기 커피를 뽑아 연수에게 건네며 제법 인생을 산 듯한 중늙은이 투로 말했다.

"물이 아래로 흐르는 것처럼, 어쩔 수 없는 거야. 난 그렇게 생각해. 사람들이 결혼하는 건 자기가 부모에게 받은 걸 주체할 수 없어서 털어놓을 델 찾는 거라구. 그래서 자식을 낳는 거라구."

"… 그렇겠네요."

연수는 천천히 고개를 끄덕였다.

"너두, 몸조심해라."

"… 네."

이제 가야 할 시간이었다. 밖에서 아버지가 기다리고 있을 터였다.

연수는 고마운 마음을 말로 하지는 못하고 얼마쯤 젖은 시선으로 인철을 바라보았다. 인철이 연수의 흘러내린 머리칼을 가만히 쓸어 올려주었다. 연수는 그 손길을 뿌리치지 않은 채 잠시 그대로 서 있었다.

아버지는 아침에 병원 앞에서 헤어질 때와는 전혀 다른 표정으로 백화점 로비에 서 있었다. 아버지의 모습에서 왠지 모를 생기 같은 것이 느껴졌다. 무슨 좋은 일이라도 생긴 걸까. 함께 지하 주차장으로 걸어가며 연수는 자꾸 아버지의 옆모습을 훔쳐보았다.

아버지를 태운 연수의 차가 백화점을 빠져나왔다.

"집에 일찍 가봐야 할 텐데…."

벌써 오후 세 시가 넘어가고 있었다. 연수는 집 걱정부터 했다. 아침에 그 험한 꼴을 보고 나와서 마음이 편치 않았지만, 집에 일찍 들어갈 생각에 아직 전화도 못 해본 것이다. 아파서 기운도 없는 엄마에게 할머니가 또 무슨 일을 저지를까 싶어 조마조마했다.

"할머니 주무신다니 이제 괜찮을 거다."

아버지는 연수의 마음을 읽고 있었다.

"집에 전화하셨어요?"

"그래."

한번 잠들면 한나절 이상은 깨지 않는 할머니를 생각하며 연수도 마음을 놓았다.

"어디로 가실 거예요?"

"일산 집으로 가자."

"일산으로요?"

연수가 의아한 얼굴로 반문하자 아버지는 시선을 창밖으로 던졌다.

"니 엄마, 거기 한번 데려가달라는데, 집이 어수선해서…. 나 혼자 정리하자니 어째 시원찮구나."

'그랬었구나….'

늘 무뚝뚝하고 냉정한 줄만 알았던 아버지에게 이렇듯 자상한 면도 있었다니. 연수는 괜히 코끝이 찡했다.

일산 집에 들어선 연수는 한동안 멍하니 거실에 놓인 집기들을 바라보았다. 포장을 뜯지 않은 가구들이며 살림 등속이 거실에 가득 쌓여 있었다. 눈에 뻔히 보이는 가구들은 제쳐두고, 아직 뜯지도 않은 포장지를 이것저것 들춰보니 벽걸이 장식용 액자며 소품들이 속속 모습을 드러냈다. 이런 걸 다 아버지가 준비했다는 사실이 믿기지 않을 정도였다.

"색깔이 좀 그렇지? 내가 어제 대충 샀는데…. 내 맘에도 그냥 썩 드는 건 아닌데…."

어느새 팔을 걷어붙이고 걸레까지 빨아가지고 나오던 아버지가 겸연쩍은 듯 연수의 눈치를 살폈다. 그 큰 덩치에 걸레를 들고 있는 모습이 우스꽝스러우면서도, 연수는 퍽이나 놀랍고 감동적이기까지 했다.

"아뇨. 좋아요."

연수가 빙긋 웃으며 대답한 뒤 아버지 손에서 걸레를 뺏어 들었다.

"걸레질은 제가 할게요. 아버진 그냥 앉아 계세요."

"이거 저쪽으로 치우고 바닥도 한 번 닦아야 할 텐데…. 그냥 하면 니 엄마 먼지 냄새 난다구 싫어할 텐데…."

연수에게 이것저것 주의를 주는 게 미안했던지 아버지의 목소리가 잔뜩 주눅 들어 있었다. 연수는 그런 아버지를 향해 짐짓 밝게 웃어 보였다.

"그러죠, 뭐. 그럼 가구부터 일단 저쪽으로 옮길까요?"

"그러자."

연수의 선선한 대꾸에 아버지는 비로소 안도하는 표정이었다.

이윽고 두 부녀가 의기투합해 가구들을 옮기기 시작했다. 언제 이렇게 늙으셨는지 아버지는 작은 소파 하나 옮기는데도 땀을 뻘

뻘 흘렸다. 연수는 문득 가슴이 아렸다.

아버지는 늙고 힘없는 자신이 민망한지 둘이 해야 될 일도 혼자 옮기겠다며 고집을 피우기도 했다. 그럴 때마다 연수는 마음이 아프다가도 웃음이 나왔다. 반쯤 벗겨진 아버지의 이마에 땀방울이 송골송골 맺히는 걸 연수는 정겨운 눈으로 바라보았다.

가구들을 옮기고 나니, 이번엔 바닥 청소가 남아 있었다. 연수는 엄마를 위한 일이라 생각하니 힘이 드는 줄도 몰랐다. 연수가 공들여 걸레질을 하는 동안 아버지는 벽에 액자들을 걸었다.

"연수야, 이거 여기 걸면 되는 거냐?"

"네, 아버지. 약간만 왼쪽으로요."

"여기?"

"아니, 조금 더 왼쪽으로요."

"됐지?"

의자 위에 올라서서 액자를 이리저리 움직이는 아버지의 몸짓은 어설프기 짝이 없었다. 집에서도 이런 일은 언제나 엄마의 몫이었으니 아버지는 아마도 처음 해보는 일일 것이다.

"이번엔 약간 오른쪽으로요."

이번에도 연수에게 퇴짜를 맞고 말았다. 아버지는 진땀을 빼며 퍽이나 열심히 액자 거는 일에 정성을 기울였다. 하지만 또 결과가 신통치 않은지 연수가 고개를 젓는다.

"아뇨, 비뚤어졌어요."

"됐냐?"

아버지는 액자를 고쳐 걸고 연수를 바라보았다.

"네, 아버지."

겨우 연수의 오케이 사인을 받고 아버지는 숨을 몰아쉬며 의자에서 내려왔다.

거실 정리를 끝내고 커튼을 달기 위해 안방으로 들어갔다. 연수는 아버지처럼 무뚝뚝하고 잔정 없는 분이 어쩌면 이렇듯 꼼꼼하게 살림살이들을 준비했는지, 보는 것마다 감탄하지 않을 수 없었다. 커튼 색상이며 침대 커버, 바닥에 깐 양탄자까지도 엄마의 취향을 그대로 따른 것들이었다. 이 모든 걸 혼자 준비하며 아버지는 속으로 얼마나 우셨을까. 연수는 자꾸 목이 메어왔다.

침대 커버를 씌우는 것으로 안방 정리가 모두 끝났다. 커버를 씌워놓은 침대 맡에 앉아보던 아버지의 표정이 문득 허탈하게 가라앉았다. 연수는 그런 아버지의 모습을 보자 울컥 눈물이 솟아 조용히 방을 나왔다.

아버지는 침대에 걸터앉아 방 안 이곳저곳을 둘러본다. 나이 들어 이불 개는 것도 힘들다며, 이사 가면 안방에도 침대는 꼭 들여놓겠다던 엄마의 말이 아버지 가슴에 사무친다. 머지않아 아내는 가고, 그녀가 바라던 것들만 남아 있을 이 집. 아버지는 아무래도 이 집에 온전히 정붙이고 살 수 있을 것 같지가 않다.

"아버지, 커피 드세요."

바깥에서 연수의 음성이 들려왔다. 아버지는 붉어진 눈시울을 꾹꾹 눌러 닦고 거실로 나왔다.

깔끔하게 정돈된 거실 소파에 마주 앉아 차를 마시며, 부녀는 한동안 말이 없었다.

"… 지난번에 죄송했어요."

차를 마시던 연수가 머뭇거리며 입을 열었다.

"뭘?"

연수는 일없이 커피잔만 만지작거린다.

"아버지한테 화가 난 게 아니었어요. 저한테, 저 자신한테 화가 났었어요."

"… 그래."

아버지는 연수의 그 맘을 알고도 남음이 있었다. 그건 자기 자신도 마찬가지였다.

"죄송해요."

"아니다. 니 엄마가 불쌍해서 그렇지, 난 괜찮다. 너도 너무 속상해하지 마라. 난 가끔 이런 생각을 한다. 니 엄마가 지금 죽는 게 다행이라고…. 남보다 고생을 두 배는 더 한 사람, 좀 더 일찍 좋은 데로 간다고. 난 그렇게 믿기로 했다."

아버지는 애처로운 눈길로 연수를 바라보며 부드럽게 위로해주었다.

"… 잘 해드리고 싶었어요."

눈시울이 붉어지는가 싶더니 연수가 울먹이기 시작했다.

"우리 모두 잘 해주고 싶었지…. 그 맘 알 거다."

아버지는 잠시 하던 말을 멈추고 연수가 들고 있는 찻잔을 눈으로 가리켰다.

"그 잔, 이쁘지?"

"… 네."

"니 엄마 주려고 내가 특별히 산 거야. 너 시집가두 그건 못 준다."

아버지가 희미하게 웃는다.

연수는 아버지가 엄마를 위해 샀다는 찻잔을 말없이 들여다보았다. 아버지가 장만한 살림 중에서 유독 엄마의 취향과는 거리가 먼 물건이기에 속으로 의아해하던 참이었다. 조금 촌스럽긴 했지만, 황금색 금박 장식을 휘황찬란하게 두른 엄마의 그 잔은 이 세상에 하나뿐인 황후를 위해 바치는 아버지의 처음이자 마지막 사랑의 표시였다.

소파에 앉아 멍하니 마당을 내려다보던 엄마가 고개를 돌려 시계를 본다. 여덟 시가 다 되었는데, 오늘따라 일찍 들어오는 사람이 없다. 고개를 쭉 빼서 문이 열린 할머니의 방을 살펴보니, 할머니가 잠들어 있다.

엄마는 스웨터 하나를 걸치고 대문 밖으로 나갔다. 요즘 엄마는 초저녁부터 식구들이 그립다. 추위도 잊은 채 엄마는 목을 길게 빼고 아이들과 남편을 기다린다.

그 시각, 정수는 한 아름이나 되는 꽃다발을 안고 여자친구와 함께 동네 골목길을 오르고 있었다. 엄마의 병을 안 뒤로 두문불출하는 정수를 만나러 여자친구 재영이 동네까지 찾아왔던 것이다.

"꽃 드리면 엄마 좋아하실 거야."

뭐라도 위로를 하고 싶은 재영이 엄마에게 드리라며 꽃다발을 사준 것이다.

"그래. … 내가 사야 했는데."

정수가 미안한 눈길로 재영을 바라보았다. 재영은 그 마음 다 안다는 듯, 정수를 향해 밝게 웃어 보이며 대답했다.

"내가 사드리고 싶었어."

정수는 재영에게 고맙다는 말 대신 문득 다른 소리를 했다.

"난 요즘 니가 참 부럽다."

"왜? 대학 다녀서? 엄마한테 너 대학생인 거 보여주지 못해서? 정수야, 그렇게 생각하지 마. 공부 열심히 하는 모습 보여드렸잖아. 발표 날 때까지 사실 수도 있고."

"그게 아니야."

풀 죽은 정수의 대답에 재영이 걸음을 멈추고 정수를 보았다.

"너는 엄마가 건강하시잖아. 오래 사실 거구. 난 그게 부러워. 요즘은 엄마가 건강한 사람, 엄마가 있는 사람, 그런 사람이 제일 부러워."

정수의 아픈 고백에 재영은 뭐라 위로할 말을 찾지 못했다. 가만히 안아주고 등을 토닥이고 싶었지만, 그러지도 못하고 그저 고개만 숙였다. 정수가 그런 재영의 등을 툭 치며 짐짓 명랑한 척 말을 이었다.

"이제 그만 가. 요즘은 만날 때마다 니가 날 바래다주는구나. 싫겠다."

"아니. 내가 바라다주는 것도 나쁘지 않아."

"고맙다. 어서 가."

"조금만 더 걷지 뭐."

그렇게 둘이 걸음을 옮기려 할 때였다.

"정수야!"

어디선가 반가움이 담뿍 담긴 엄마의 목소리가 들렸다. 고개를 들어 앞을 보니 저만치서 엄마가 잰걸음으로 골목을 내려오고 있었다.

"엄마!"

갑자기 나타난 엄마를 보고 정수는 조금 놀란 얼굴이다. 엄마는 두 사람 앞으로 다가와서는 신기한 눈빛으로 재영을 바라보았다.

"우리 정수 여자친군가 보네?"

"네, 처음 뵙겠습니다."

"이쁘게 생겼네."

쑥스럽게 웃으며 인사하는 아들의 여자친구를 엄마는 눈에 넣을 듯 찬찬히 보고 있다. 곁에 있던 정수가 시계를 보며 재영에게 눈짓을 했다.

"가봐."

그녀는 정수를 향해 알았다는 눈짓을 하고는 엄마를 바라보았다.

"저, 다음에 또 뵐게요."

"왜? 집에 들어갔다 가지?"

엄마는 고개를 숙여 인사하고 돌아서려는 아들의 여자친구에게 아쉬운 듯 말을 붙였다. 집에 데려가 차라도 한잔 먹여 보내고 싶었던 것이다.

"아니에요. 늦었는걸요. 가볼게요."

재영이 웃으며 정수를 향해 손을 흔들고는 몸을 돌렸다. 엄마는 재영의 뒷모습에서 눈을 떼지 못했다. 저 아이가 어쩌면 내 며느리가 될지도 모르는데, 하는 못내 궁금하고 아쉬운 눈길이다.

"저만큼이나 꽃두 이쁜 걸 샀네."

멀어져가는 아들의 여자친구를 그윽한 눈길로 바라보던 엄마는 문득 정수가 건네준 꽃을 받아 들고 향기를 맡았다. 정수는 엄마의 등을 감싸 안고 걸으며 걱정스레 입을 열었다.

"추운데 왜 나와 계세요?"

"웃긴다, 야. 너두 사내라고 기집애를 다 사귀고."

엄마는 재미나고 신기한 듯 벌어진 입을 다물지 못한다.

"입은 맞춰봤어?"

정수는 어머니의 짓궂은 물음에 얼굴을 붉혔다. 그렇다고 사실

대로 대답할 수도 없고, 아니라고 펄쩍 뛰기도 좀 그랬다. 정수는 그저 피식 웃어 보였다.

"참하게 생겼드라. 꼭 니 누나 닮은 것 같애. 나 처녀 때 같기도 하고."

"그럼, 재영이가 세상에서 제일 예쁜 여자들은 다 닮았다는 얘기네?"

"그럼!"

모자가 다정하게 농담을 주고받으며 집으로 향하는데, 뒤에서 자동차 경적 소리가 났다. 돌아보니 연수의 차였다. 엄마는 남편과 딸이 차에서 같이 내리는 모습을 보고 반색을 했다.

"이게 웬일이야. 오늘은 온 가족이 시간을 맞췄네."

"추운데 왜 나왔어?"

"빨리 들어가요, 엄마. 감기 들겠어요."

"괜찮아. 좋은걸, 뭐."

모처럼 네 식구가 나란히 대문을 들어섰다. 엄마는 한껏 기분이 좋아서 현관문을 열었다.

"노친네 안 깨셨나 모르겠네."

혼잣말을 하며 엄마가 막 현관에 들어설 때였다.

"이 나쁜 년! 또 날 버리고 갈라고?"

갑자기 할머니가 몽둥이를 들고 덤벼들었다.

"어이쿠!"

엄마는 몸을 피할 겨를도 없이 할머니가 내리친 몽둥이에 머리를 맞고 그 자리에 벌렁 나동그라졌다.

순식간에 벌어진 일에 뒤따라 들어오던 세 식구는 가슴이 철렁 내려앉았다. 맨 먼저 안으로 뛰어 들어간 연수가 바닥에 쓰러진 엄마를 일으켜 세웠다.

"엄마, 엄마, 괜찮아요?"

엄마의 이마에서 선홍빛 피가 흐르고 있었다. 연수는 다급한 시선으로 아버지를 올려다보았다. 엄마는 벌써부터 정신이 가물가물해져가는 모습이었다. 그 모습을 보고 격분한 정수가 순식간에 할머니에게 달려들어 모질게 악을 썼다.

"이제 그만 좀 하세요, 할머니! 차라리 돌아가시라구요!"

할머니의 몽둥이를 뺏어 든 정수의 손이 부들부들 떨리고 있었다.

"이 새끼, 이 나쁜 새끼!"

할머니는 정수가 고함을 치자 분해서 입가를 씰룩거리며 손주의 등짝을 사정없이 후려치기 시작했다.

굳은 듯 서 있던 아버지가 휙 몸을 돌려 신발장 서랍을 뒤지기 시작한 건 바로 그때였다. 아버지는 완전히 이성을 잃은 모습으로 서랍에서 망치와 못을 꺼내 들었다. 한 손에 망치를 들고, 다른 한 손으로 노모를 번쩍 안은 아버지가 성큼성큼 건넌방으로 향했다.

"놔라, 이노무 새끼. 놔, 어서 놔! 애미야!"

할머니가 아버지 팔에 안긴 채 발버둥을 쳤다. 두 남매는 얼이 빠진 얼굴로 아버지가 대체 무얼 하려고 저러시나, 멍하니 바라보고만 있었다. 할머니는 아버지의 격분한 태도에 기가 질렸는지 한풀 꺾인 목소리로 애원하기 시작했다.

"아저씨, 아저씨 왜 그래? 날 들고 어딜 가!"

아버지는 할머니를 거칠게 방바닥에 내려놓은 뒤 방문 쪽으로 몸을 돌렸다. 그러자 겁에 질린 할머니가 아버지의 다리를 붙들고 놓지 않았다. 눈물을 줄줄 흘리며 애원하는 할머니를 모질게 떼어놓고 아버지는 방문을 닫아버렸다.

"아저씨, 왜 그래? 애미야, 살려줘!"

안에서 할머니의 겁먹은 비명소리가 계속 흘러나왔다.

잠시 정신을 놓고 있던 엄마가 비로소 힘없이 눈을 떴다. 마침 아버지가 입에 물고 있던 못을 고쳐 들고 망치로 문을 때려 박으려던 참이었다.

"애미야, 애미야!"

할머니가 잠긴 문을 손톱으로 마구 긁으며 울어댔다. 그제야 정신이 번쩍 든 정수가 아버지를 뜯어말렸다.

"아버지, 왜 그러세요? 이러지 마세요!"

아버지는 정수의 손을 거칠게 뿌리치며 쾅쾅 못을 박기 시작했다.

"여보, 왜 그래요? 왜 그래! 연수야, 말려. 니 아부지 말려…!"

엄마도 질겁을 해서는 건넌방 쪽으로 기어가며 소리쳤다. 그러나 아버지는 엄마에겐 고개 한번 돌리지 않고 계속 못질을 해댔다.

"진정하세요, 아버지. 진정하세요!"

"잘못했어요! 그러지 마세요, 아버지!"

연수와 정수는 엉엉 울면서 아버지를 끌어안고 애원했다. 하지만 아버지의 얼굴은 이미 얼음처럼 차갑게 굳어 있었다. 그나마 인간으로서의 감정이 드러나는 건 그의 눈이 붉게 젖은 채 눈물을 그렁그렁 매달고 있다는 거였다.

정수는 자신이 할머니에게 지나치게 군 것 때문에 아버지가 화내는 것이라 생각해 무릎을 꿇고 빌기까지 했다. 하지만 아버지는 자식들의 만류에도 아랑곳하지 않았다.

겨우 방문 앞까지 기어온 엄마가 아버지의 바짓가랑이를 잡고 늘어지며 신음처럼 한마디 내뱉었다.

"그러지 마!"

아버지는 흠칫 망치질을 멈추더니 바짓가랑이에 매달린 아내를 내려다보았다. 아버지 눈에서 떨어진 뜨거운 눈물이 엄마의 이마를 적셨다.

그 틈에 정수가 아버지에게서 얼른 망치를 낚아챘다. 그러고는 큰 소리로 울며 마당으로 나가 망치를 내던져버렸다.

연수는 아버지가 비통한 표정으로 숨만 헉헉 몰아쉬며 서 있는 모습을 보고 비로소 놀란 가슴을 쓸어내렸다.

"들어가, 연수야."

엄마가 힘없이 연수에게 손짓을 했다. 아버지는 말없이 마당으로 나간 뒤였다. 연수는 엄마를 부축해 방에 눕힌 뒤 마당으로 향했다.

"아버지."

마당에 서서 담배를 피우는 아버지의 등이 시리도록 고독해 보였다. 그 모습에 연수는 자꾸 눈물이 났다.

"들어가라."

"추워요."

"괜찮다. 들어가. 찬바람 들어간다."

아버지는 여전히 등을 돌린 채 허공에 대고 담배 연기를 뿜어냈다. 연수는 착잡한 심정을 어쩌지 못해 부질없이 가슴만 쓸어내렸다. 정수도 마당 구석에 서서 어깨를 들썩이며 울고 있었다.

마당에서 늦도록 담배를 피우며 비탄에 잠겨 있던 아버지는 새벽녘이 돼서야 잠자리에 들었다. 비록 순간적인 격분을 이기지 못해 한 행동이었지만, 망령 난 노모를 방에 가두고 못질까지 하려 했던 것에 대해 아버지는 몹시 괴로워하고 있었다.

잠결에도 간간이 한숨을 내쉬는 아버지를 엄마는 안쓰러운 마음으로 숨죽여 지켜보고 있었다. 그런 엄마를 눈치 채지 못하고 아버지는 한참을 뒤척이다 잠이 들었다.

엄마는 한동안 벽에 기대어 아버지의 불규칙한 숨소리를 헤아렸다. 아까부터 구토가 솟구쳐 일어나 앉아 있었다. 엄마는 불쑥불쑥 치미는 통증을 참아내기 위해 쪼그린 자세로 겨우겨우 버티는 중이었다. 속이 울렁거릴 땐 화장실에 가 토하는 것보다 이렇게 참고 있는 게 나왔다. 이제 더 이상 피를 토하기가 두려운 것이다.

웅크린 채 자고 있는 아버지의 모습이 왜 이렇게 처량하게 느껴지는 걸까. 엄마는 어둠 속에 희미하게 드러난 아버지의 등을 벌써 한 시간째 지켜보고 있었다. 그러다가 또 속이 울렁거려 이를 악물었다. 아무래도 오늘 밤은 영 잠을 이루지 못할 것 같았다.

잠시 후 욕지기가 가라앉는 듯하자 엄마는 천천히 일어나 주방으로 갔다. 쓰리고 메슥거리는 속을 달랠 겸 냉수를 한 잔 따라 마셨다. 그런데 속은 좀처럼 나아지지 않고 오히려 더 심하게 울렁거렸다.

엄마는 냉장고 앞에 서서 다시금 뒤집히려는 속을 가라앉히려 안간힘을 썼다. 오장육부가 다 아프다. 내장이 서로 엉켜 사투라도 벌이는지 순간순간 찢어지는 듯한 아픔이 전신으로 퍼져 나간다. 망할 놈의 병은 왜 이다지 아픈 것인지.

몸을 뒤틀며 헛구역질을 꾹꾹 눌러 참던 엄마는 엉금엉금 기어 주방을 나섰다. 죽음의 사신이 드리우는 어두운 그늘이 바로 저 앞에 긴 휘장을 펼치고 있었다. 엄마는 손사래를 치며 겨우 그 그늘을 거둬냈다. 그러면 그 뒤에 또 한 겹의 그늘이 보란 듯 휘장을 내리고 있는 것이었다.

"어으…."

슬픔 때문인지 고통 때문인지, 엄마의 목구멍에서 본능적인 신음이 흘러나왔다. 등 언저리로 축축한 식은땀이 흘러 엄마는 자기도 모르게 몸을 푸르르 떨었다.

그러다 문득, 엄마가 건넌방을 돌아보았다. 가여운 노인네. 초저녁엔 또 얼마나 놀랐으랴.

엄마는 잠시 통증이 지나간 틈을 비집어 힘겹게 쪼그린 몸을 일으켰다. 그리고 이내 할머니 방으로 다가섰다.

할머니는 잠결에도 겁을 먹고 있는지 이불을 한 움큼 끌어안고 몸을 조그맣게 옹크린 채 잠들어 있었다. 엄마는 그 모습을 측은하게 바라보다가 이부자리를 바로 고쳐 깔고 할머니를 편하게 눕혔다. 이젠 이 작은 노인네 하나 눕히는 데도 힘이 부친다.

엄마는 가쁜 숨을 헉헉 몰아쉬며 벽에 몸을 기댔다. 쉴 새 없이 식은땀이 흘러나왔고, 속은 여전히 울렁거렸다.

악몽을 꾸는지 할머니는 간혹 몸을 버둥거렸다. 그 모습을 바라보는 엄마의 눈빛에 말로는 다 못할 착잡한 상념이 서렸다.

젊어서는 사흘들이로 며느리를 잡아대던 시어머니. 그 매운 시집살이도 견디지 못할 건 아니었다. 미우나 고우나 해도 두 사람은 평생 가장 많은 시간을 함께 보낸 사이다. 아들 하나 바라보고 사는 노인네와 세상에 기댈 언덕이라곤 남편밖에 없었던 한 여자. 그렇게 두 여자가 한 남자를 기다리며 살아온 세월만도 어언 삼십 년이 되어간다.

미울 땐 여우 같은 며느리랑은 살아도 곰 같은 며느리랑은 못 산다며 수시로 자신을 구박하던 시어머니였지만, 그래도 더러 며느리 좋아하는 호두과자 같은 걸 빈 방에 들여놓아준 적도 있었다. 그땐 이 며느리 어디가 그렇게 이쁘셨던 걸까. 남편 없는 시집살이에 아이들마저 학교에 가고 없는 날이면 그나마 시어머니 잔소리라도 들어야 사람 사는 것 같은 시절도 있었다.

그 심란한 세월 다 보내고 같이 늙어가면서 미운 정 고운 정 담뿍 든 이 고부 사이를 다른 사람들은 이해하지 못한다. 때때로 아옹다옹하면서도 여느 모녀지간 부럽지 않게 깊은 속정을 나누는 그 별난 관계를 어찌 말로 설명할 수 있으며, 어찌 머리로 다 이해할 수 있겠는가.

엄마는 이불을 끌어올려 할머니의 목까지 덮어주었다. 그러다, 한순간 흠칫 숨을 멈추었다.

목숨이 무엇이관데, 사는 게 무엇이관데 죽을 날 가까운 노모가 아들한테 방문 못질을 당하고, 손주놈한테 모진 소리를 들어야 하나. 이제 내 한 몸 죽어지면 끈 떨어진 갓처럼 이리 채이고 저리 채이고 구박이나 당하며 사실 텐데…. 나 간 뒤에도, 이 노인네 투정 부리며 밥 잘 드실까. 기세 좋게 심통 부리며 이년, 저년 욕도 잘하실까. 아니, 아니지….

갑자기 엄마의 눈에서 주르륵 눈물이 흘렀다. 한참을 소리 없이 울어대던 엄마의 슬픈 눈에 돌연 비장한 빛이 떠올랐다.

엄마는 이불자락을 잡아채더니 머리끝까지 할머니를 덮어 씌웠다. 잠결에 숨이 막힌 시어머니가 이불 속에서 발버둥을 쳤다. 엄마는 눈을 꾹 감은 채 팔에 힘을 주었다. 온 힘을 다해 이불을 누르고 있는 엄마의 얼굴에 뭔지 모를 비애와 독한 기운이 퍼지고 있었다. 이미 엄마의 이마와 볼은 눈물과 땀으로 범벅이 되었다.

'어머니, 차라리 죽는 게 나아. 나 살았을 때 어머니가 죽어야 어머니도 편하고, 그래야 나도 편히 눈을 감지. 이제 금방 만날 거야, 어머니. 저승에 가서 내가 백배, 천배 더 효도할게….'

엄마는 이를 악물었다.

"어으으으…."

가슴을 후벼 파는 듯한 할머니의 신음에 잠시 멈칫했지만, 엄마는 곧 그 소리를 야멸차게 외면했다. 그리고 내처 그 늙은 목숨을 모질게 눌러댔다.

그 시각, 연수는 늦도록 가족사진을 들춰보며 잠을 이루지 못하고 있었다. 낡은 가족 앨범에는 온 가족의 단란했던 한때가 마치 거짓말처럼 담겨 있었다. 연수는 그 사진들을 새삼스런 눈으로 보고 또 보았다. 옛 사진을 보니 우리 가족에게도 이렇게 좋은 때가 있긴 있었구나 싶었다.

연수는 그중에서도 엄마가 가장 환하게 웃고 있는 사진을 꺼내 들었다. 아버지가 개인병원을 열었을 때 개업식을 하고 온 가족이 모여 찍은 사진이었다. 그때만큼은 할머니도 정신이 온전했고, 아버지 얼굴에도 중년 남자의 자신감과 활력이 펄펄 넘쳤다.

할머니를 한가운데 두고 엄마, 아버지가 평화롭게 미소 짓고 있는 모습이 오래도록 연수의 눈길을 끌었다. 그때만 해도 엄마 역시 밝고 건강한 중년 여성이었다. 이 모습으로 더도 말고 일 년만 더 식구들 곁에 머물러주었으면…. 그러면 연수는 아무것도 바랄 게 없을 것 같았다. 목숨도 무슨 물건처럼 내 것을 쪼개 남에게 나눠 줄 수 있는 것이라면 얼마나 좋을까.

그런 생각을 하다 연수는 문득 목이 말라 컵을 들고 주방으로 내려갔다. 늦은 시간이라 집 안의 불은 모두 꺼지고 사방이 고요했는데, 할머니 방에서 이상한 소리가 흘러나오는 것 같았다.

할머니 방으로 다가가 가만히 문을 열어본 연수는 도둑이 든 줄 알고 깜짝 놀랐다. 그런데 그게 아니었다. 엄마가 땀을 뻘뻘 흘리며 이불 속에 든 할머니를 누르고 있었다. 그 이상한 소리는 바로 할머니가 내뱉은 가냘픈 신음이었던 것이다.

연수가 방바닥에 컵을 내던지고는 달려들어 엄마의 팔을 잡았다.

"엄마, 엄마, 왜 그래요. 놔요, 이러면 안 돼요."

엄마는 연수의 다급한 외침에도 아랑곳없이 계속해서 이불을 잡아 눌렀다. 얼굴이 하얗게 질린 연수가 울부짖었다.

"엄마, 제발 놓으세요! 아버지, 아버지!"

연수는 있는 힘을 다해 엄마를 뜯어말렸지만, 도저히 그 힘을 당해낼 수가 없어 아버지를 소리쳐 불렀다.

엄마는 마치 넋이 나간 사람처럼 보였다. 자기도 모르는 이상한 기운에 휩싸여, 팔의 힘을 풀지 않았다. 엄마의 눈물이 이불 위로 후드득 떨어졌다.

잠자리에서 뛰쳐나온 아버지와 정수가 기겁을 하고 엄마를 잡아 떼었다.

"여보, 무슨 짓이야!"

"엄마!"

엄마는 숨을 헉헉거리며 한사코 이불을 놓지 않으려 안간힘을 썼다. 아버지와 정수 둘이서 양쪽 팔에 매달려 잡아당기고서야 겨우 엄마를 떼어낼 수 있었다.

연수가 후다닥 달려들어 얼른 이불을 젖혔다. 할머니는 잔뜩 겁에 질린 얼굴로 숨을 몰아쉬고 있었다. 다음 순간, 엄마가 달려들어 팔을 뻗치는 바람에 할머니는 다시 사색이 되었다.

"죽어!"

엄마가 울부짖으며 모질게 소리쳤다.

"미쳤어? 왜 그래, 정신 차려! 정신 차려!"

아버지는 할머니를 품에 안은 채 엄마에게 버럭 소리를 질렀다.

"죽어!"

"정신 차려, 이 사람아!"

"엄마."

정수는 완전히 미친 사람처럼 변해버린 엄마를 끌어안고 엉엉 울음을 터뜨렸다. 그때 엄마의 입에서 비명 같은 절규가 터져 나왔다.

"어머니, 어머니! 나랑 같이 죽자! 나 죽으면 어떻게 살래? 나랑 같이 죽자! 애들 고생 그만 시키고, 나랑 같이 죽자! 어머니이…."

연수는 울컥 눈물이 치밀어 애꿎은 입술만 깨물었다.

그때까지 아버지의 품에 안겨 있던 할머니는 고통에 찬 엄마의 절규를 멍하니 듣고만 있었다. 얼이 빠진 건지, 아니면 그 와중에 잠시 정신이 돌아온 건지 할머니 눈가에 얼핏 이슬이 맺혔다. 제 맘처럼 되지 않는 모진 목숨을 탓하기라도 하듯, 그 젖은 눈빛이 슬픔으로 반짝이고 있었다.

아침이 밝아오고 있었다. 폭풍이 스치고 지나간 바닷가처럼 집 안은 깊은 침묵으로 가라앉아 있었다. 하지만 어찌 보면 바로 몇 시간 전에 난리를 치른 집 같지 않게 얼마쯤 평화로워 보이기도 했는데, 그건 순전히 엄마 때문이었다.

엄마는 일찍 깨어 밤새 무슨 일이 있었냐는 듯 여느 날과 다름없이 하루를 시작했다. 밤사이 벌어진 일로 침울해 있던 가족들도 엄마의 선선한 태도에 금세 평상심을 찾아갔다.

아침을 먹고 나서 엄마는 할머니를 씻긴다며 욕실로 향했다. 할머니도 순한 양처럼 엄마의 손에 이끌려 욕실로 들어갔다.

욕실 문이 딸깍 하고 잠기자 연수가 후다닥 달려갔다.

"엄마, 엄마! 저랑 같이 해요, 엄마!"

연수가 불안한 마음에 문을 두드려댔다. 가족 모두 불안하기는 마찬가지여서 욕실 안의 동정에 신경을 곤두세웠다. 아버지는 소파에 앉아 연신 줄담배를 피워댔고, 정수도 그 옆에 침울하게 앉아 있었다.

바깥 분위기엔 아랑곳없이 욕실 안에선 평상시와 다름없이 다정한 엄마의 목소리만 들려올 뿐이었다.

엄마는 할머니를 좌변기 위에 앉혀놓고 정성껏 비누칠을 해서 씻기고 있었다. 간밤의 일로 심하게 놀란 할머니가 옷을 입은 채로 똥오줌을 지리고 만 것이었다.

"오늘뿐이야, 어머니. 나 없으면 아무 데나 똥 누고 그러면 안 돼. 안 그러실 거지?"

마지막으로 발을 닦아주며 엄마가 조금은 퉁명스럽게 할머니를 어르고 있었다.

"안 그러실 거지? 오늘은 내가 놀라게 해서 그런 거지? 이제 그러면 안 돼."

엄마는 어린애를 꾸짖듯 짐짓 엄한 표정을 지었다. 그러다 이내 마음이 아파서 물기 어린 눈으로 할머니를 가만히 들여다보았다.

"엄마!"

밖에서는 여전히 연수가 불안한 목소리로 부르고 있다. 엄마는 그러거나 말거나 아예 대답도 하지 않고 목욕을 마친 할머니에게

새 옷을 갈아입혔다.

"좋아?"

할머니는 말없이 엄마를 보고만 있다. 엄마가 할머니 앞에 쪼그려 앉아 눈을 그윽하게 바라본다.

"개운하지?"

엄마를 바라보는 할머니의 눈망울이 어느덧 초롱초롱 맑기만 하다. 어쩌면 정신이 돌아와 엄마의 마음을 이해하는 것 같기도 한 눈빛이었다.

엄마는 그런 할머니를 대견한 듯 바라보았다.

"이렇게 입으니까 꼭 새색시 같네."

엄마가 눈길을 거두며 할머니 손목을 잡고 조용히 말을 이었다.

"어머니, 나 먼저 가 있을게, 빨리 와."

엄마의 음성은 잔잔한 메아리가 되어 할머니 가슴속으로 스며들고 있었다.

"싸우다 정든다고, 나 어머니랑 정 많이 들었네. 친정어머니 먼저 가시고, 애비 공부한다고 객지 생활할 때, 애들 없구 외롭고 그럴 때도… 어머닌 내 옆에 있었는데…. 나 밉다고 해도 가끔 나한테 당신 좋아하시는 거 아꼈다가 주곤 하셨는데…. 어머니 이제 기억 하나도 안 나지?"

엄마는 잠시 말을 멈추고 할머니를 정겨운 눈빛으로 바라보았다. 할머니의 눈빛에도 참 많은 이야기가 들어 있었다.

"엄마?"

욕실 앞에서 마음을 놓지 못한 연수의 목소리가 또 고부간의 대화를 끊어놓았다. 그때였다. 여태껏 입을 꾹 다물고 있던 할머니가 연수를 내치듯 버럭 소리를 질렀다.

"저리 가, 이년아!"

엄마는 할머니가 말문을 열자 번쩍 고개를 들었다. 할머니의 눈빛이며 표정이 모두 해맑다. 엄마는 비로소 할머니가 제정신으로 돌아왔다는 걸 깨닫고 눈물이 핑 돌았다.

"어머니, 어젠… 미안해. 내 맘 알지?"

할머니 눈에도 그렁그렁 눈물이 맺혔다. 엄마는 다시 할머니의 손을 잡고 울음을 터뜨렸다.

"이런 말 하는 거 아닌데… 어머니, 정신 드실 때 혀라도 깨물어, 나 따라와. 아범이랑 애들 고생시키지 말고, 나 따라와. 기다릴게."

엄마는 할머니의 손목을 끌어다 얼굴에 갖다 대고 흐느꼈다. 할머니가 그런 엄마의 머리칼을 가만히 쓰다듬어주었다. 그럴수록 엄마의 서러운 흐느낌은 잦아들 줄을 몰랐다.

7

“정수야, … 다 잊어버려도, 엄마 얼굴도,
웃음도 다 잊어버려도… 니가 엄마 배 속에서 나온 건 잊으면 안 돼.”
“연수야, 엄마 연수 사랑해. 알지?
너는… 나야. 엄마는 연수야….”
“당신, 빨리 와. 나 심심하지 않게.”
“인희야… 정말… 고마웠다.”

다음 날, 엄마는 늦게까지 잠에서 깨어나질 못했다. 지지난밤의 피곤이 그제야 엄마를 곤한 잠에 빠뜨린 것이다. 식구들은 엄마를 깨우지 않고 저마다 조심스럽게 나들이 준비를 했다. 아버지와 엄마 단둘이 일산 새집으로 나들이를 떠나기로 한 것이다.

연수가 주방에서 아침을 준비하는 동안 정수는 엄마의 짐을 챙겼다. 건넌방에선 아버지가 할머니에게 아침밥을 떠먹여주는 중이었다.

"아, 하세요."

할머니는 아버지가 떠먹여주는 죽을 가만가만 받아먹었다. 전에 없이 양순해진 눈빛 가득 뭔가 골똘한 생각이 담겨 있는 듯했다.

"우리 어머니 잘 드시네. 다시 아, 하세요."

아버지는 엄마 대신 할머니에게 죽을 떠먹이며 자기도 모르게 엄마를 흉내 내고 있었다. 할머니는 얼핏 정신이 딴 데 가 있는 듯 보였지만 아버지가 시키는 대로 입을 벌려 죽을 받아넘겼다. 그러다 간간이 뜻 모를 미소를 짓기도 했다.

"자, 이제 물 드시고 편안히 쉬고 계세요."

아버지는 할머니가 식사를 마치고 물을 마시는 것까지 지켜본 다음에야 건넌방을 나왔다. 주방에선 된장찌개 끓는 냄새가 구수하게 났다.

"나들이 준비는 안 하고, 내가 너무 오래 잤네."

얼마 후 기지개를 켜며 엄마가 주방으로 나왔다. 엄마는 연수가 끓이는 된장찌개 냄비를 열어보고는 방긋 웃어 보였다.

"쌀뜨물로 끓였니?"

"네."

연수가 쑥스러워하며 고개를 끄덕였다.

"살림해두 되겠네."

엄마는 식탁에 차려놓은 반찬들을 집어먹으며 대견한 듯 연수를 바라보았다.

"아이고, 맛나다."

"간이 맞아요?"

"잘 맞네."

모처럼 엄마의 밝은 모습을 보니 연수도 덩달아 기분이 좋아졌다. 연수는 찌개를 식탁으로 옮겨놓고 수저도 보기 좋게 늘어놓았다. 엄마는 그런 연수를 보다 마음이 짠해서 딸의 이름을 불렀다.

"연수야."

"네."

"연수야."

너무도 다정한 음성이었다. 연수는 코끝이 찡해져 고개를 떨구었다. 엄마는 연수가 대답을 해도 자꾸 이름을 불렀다.

"어째 자꾸 우리 딸 이름이 부르고 싶네. 연수야…."

연수는 공연히 안 닦아도 될 그릇들을 닦는 척하며 엄마가 부르는 대로 대답해주었다.

"연수야…."

"… 네."

"난 우리 연수가 참 이쁘다."

순간 왈칵 목이 메는 건 연수뿐만이 아니었다. 엄마는 숫기 없는 딸의 뒷모습을 애처로운 눈길로 하염없이 바라본다.

불쌍한 것, 저것 시집보내놓고 극성맞은 친정어머니 소리 들어가며 총각김치며 밑반찬이며 열심히 퍼다줄 생각에 마음이 설레기도 했는데…. 내가 친정엄마한테 못 받았던 것 저애 시집보내고 다 해주려고 했는데…. 딸은 엄마 팔자 닮는다던데, 정말 그러면 어쩌나, 불쌍해서 어쩌나….

엄마는 눈물이 볼을 타고 흐르는 것도 잊고 딸의 뒷모습을 마냥 아프게 바라보고 있었다.

“엄마 일어나셨네?”

어느 틈에 정수가 다가와 뒤에서 엄마를 껴안았다. 엄마는 이내 눈물을 닦고 감정을 수습했다.

아버지도 식탁에 와 앉았다. 정수는 어머니가 우는 걸 짐짓 모르는 체하고 누나를 도와 식탁에 밥을 날랐다.

가족이 둘러앉아 식사를 시작했다. 정수가 엄마 곁에 앉아서 이것저것 수저에 반찬들을 얹어준다.

“이번엔 뭘 줄까? 무나물? 버섯?”

엄마는 아들이 놓아주는 대로 가만히 밥술을 입으로 가져간다. 아버지는 식탁에서 신문을 뒤적거리며 그 모습을 못 본 체하고, 연수는 물을 떠다 놓는다 찌개를 더 가져온다 하며 괜스레 자리를 뜨곤 했다.

“뭐, 두부? 엄마, 말해. 엄마 찌개 먹고 싶은데 내가 무나물 주고, 엄마 버섯 먹고 싶은데 내가 두부 줄까 봐 그래.”

아무 말 없이 수저만 들여다보고 있는 엄마에게 정수가 부드럽게 미소 지으며 묻는다. 잠자코 있던 엄마가 쓸쓸한 미소를 지으며 입을 열었다.

“네가 두부 주면 두부가 먹고 싶었던 것 같고, 네가 버섯 주면 꼭 그게 먹고 싶었던 것 같아.”

그랬다. 지금 엄마는 아들이 수저에 모래를 얹어준다 해도 꼭 그게 먹고 싶었던 것처럼 목이 메었다.

아직 어린 아들에게도 한이 많다. 이다음엔 정수도 장가를 들고 아빠가 되겠지. 이 녀석 결혼하면 해보고 싶은 것도 참 많았다. 며느리 앞세워 시장에도 가고, 옷도 사주고, 같이 순대도 먹고 싶었는데….

엄마는 간혹 며느리를 일찍 본 친구들이 며느리 손잡고 쇼핑 다니는 게 그렇게 부러울 수 없었다. 손주가 생기면 보약도 지어 먹이고, 까꿍 까꿍 어르다 품에 안고 낮잠이라도 한번 자보고 싶었는데 ….

며느리가 가끔 제 잘난 맛에 까불면 따끔하게 시어미 매운맛도 보여주리라… 이렇게 생각하다가도 얼른 마음을 고쳐먹곤 했다. 아니야, 그랬다가 제 남편한테 화풀이라도 하면 큰일이지, 암.

사람들이 말하는 그 이상한 ‘며느리살이’라는 것도 엄마에겐 궁금한 일 가운데 하나였다. 정말 그런 며느리들이 있을까. 내 아들의 색시가 그렇게 나온다면 어째야 하나….

그러나 지금 이렇게 되고 보니, 아들 장가는커녕 대학 등록금도 자기 손으로 못 내주는 아쉬움에 엄마는 목이 메는 것이다.

어쩌면 마지막이 될지도 모를 아침 식사가 그렇게 끝났다.

엄마는 힘겹게 외출복을 갈아입고는 내처 자리에 주저앉았다. 벽에 몸을 기대고 숨을 고르던 어머니가 넥타이를 매는 아버지를 불렀다.

"어디 가는데?"

"좋은 데."

둘이서 놀러 가자는 아버지의 말에 그러마 대답은 했지만, 몸이 영 무겁고 힘들어 갈 수 있을까 싶은 것이다.

"애들하고 그냥 집에서 쉬고 싶은데…."

"힘들어?"

아버지가 고개를 돌려 엄마를 보며 걱정스레 묻는다.

"… 응."

아픈 마음이 울컥 들썩였지만, 아버지는 고개를 돌려 넥타이를 만지며 짐짓 무심한 척 답했다.

"조용한 데 가서 쉬고 싶다며? 차 가지고 가니까 그닥 안 힘들 거야. 옷도 다 입었는데 가보자."

그 말에 엄마가 살며시 웃는다. 엄마를 데리고 어딘가 가고 싶어 하는 아버지의 그 마음이 좋았던 것이다.

"그래. 영감이 어딜 데리고 갈랑가, 한번 가보지, 뭐."

엄마는 힘겹게 몸을 일으켜 안방 문을 나섰다.

“어머니 뭐 하시나 잠깐 들여다보고 나갈 테니 먼저 나가요. 애들 기다리겠네.”

엄마는 할머니의 손을 잡고 쪼그려 앉아 아무렇지 않은 듯 작별 인사를 했다.

“어머니, 나 아범이 좋은 데 데려간대. 힘들어서 안 가고 싶기도 한데… 쉬엄쉬엄 가보려구 해. 그냥 이 집이 조금 무섭네. 정 뗄라고 그러는지…. 소란 피우지 말구 있어요.”

할머니가 말없이 고개를 끄덕였다. 엄마는 함초롬히 젖은 눈매로 한동안 할머니를 바라보다가 잡은 손을 또 한번 꼭 쥐었다.

“나, 가요.”

“어여… 가.”

“네, 갈게요.”

잠시 두 여인의 눈빛이 마주쳤다. 그 짧은 순간, 수많은 이야기를 나누기라도 하듯이 할머니도 엄마도 쉬 고개를 돌리지 못했다. 서로의 눈빛 사이로 시린 세월이 주마등처럼 흘러갔다. 두 여인이 함께 보낸 그 긴 세월의 길목에 켜켜이 쌓인 아픔이 차차 물거품처럼 스러지고 있었다.

집 앞에는 근덕의 택시가 도착해 있었다. 누나의 사정을 아내에게서 전해 들은 뒤로, 근덕은 택시 운전에만 전념하며 그런대로 착실히 일하고 있었다.

아내도, 누나도, 누나의 가족도 모르고 있었지만, 사실 근덕은 요 며칠 택시를 끌고 누나 집 주위를 뱅뱅 돌았다. 엄마 같은 누나였다. 망나니 같은 이 동생을 한없이 안아주고 받아주었던 누나였다. 그런 누나가 죽음을 앞두고 있었다. 그러나 지난 세월, 누나에게 이루 말할 수 없이 모질게 했던 일들이 떠올라, 차마 앞에 나타나 용서를 구할 수도 없는, 못나디못난 동생이 바로 자신이었다.

오늘은 엄마가 집을 비운 사이 할머니를 돌봐드릴 근덕댁을 데려다주려고 온 것이었다.

"상종 못 할 인간!"

근덕댁은 집 앞까지 와서 한사코 안으로 들어가지 않으려는 근덕에게 화를 내고 있었다. 아내의 볼멘소리에도 근덕은 묵묵히 딴전만 피웠다. 오늘도 마찬가지다. 차마 누나의 마지막 모습을 볼 용기가 없었다.

"갖다 줘."

근덕이 뚱한 얼굴로 봉투 하나를 내밀었다.

"뭐야?"

"놀러 간다며? 갈 때 먹으라고 줘."

"뭔데?"

"호두과자야. 우리 누나, 그거 좋아해."

근덕은 밉지 않게 흘겨보는 아내를 짐짓 외면하며 핸들을 잡았다. 눈가에 어린 슬픔의 흔적을 들키고 싶지 않아서였다.

"어제 산 거야. 레인지에 데워 먹으라고 해. 잘난 거 먹다 목멜라."

근덕은 누나가 있는 집 쪽을 잠시 돌아보고는 그대로 떠나버렸다. 근덕댁은 그런 남편을 바라보며 혀를 끌끌 찼다. 어쩌면 저렇게 주변머리가 없을까.

근덕은 골목을 벗어나자마자 택시를 멈췄다. 더 이상은 앞으로 갈 수가 없었다. 그는 양손으로 핸들이 부서져라 내리쳤다. 그리고 무너지듯 천천히 핸들에 고개를 처박았다.

근덕의 어깨가 크게 흔들리기 시작했다. 속에 감춰두었던 슬픔의 덩어리를 모조리 끄집어내듯, 근덕은 어린아이처럼 큰 소리로 꺼이꺼이 울어댔다. 지나가던 사람들이 힐끗거리며 택시를 쳐다보았지만 근덕의 애끓는 통곡은 멈추지 않았다.

'누나…. 우리 인희 누나, 잘 가….'

출발 시간이 다가왔다. 엄마는 창백하고 지친 모습으로 대문을 나섰다. 근덕댁이 바로 뒤에 따라나섰다.

"조심히 다녀오세요. 반찬 몇 가지하고, 이건 호두과자래요. 그이가 샀어요."

"근덕이가…?"

엄마는 올케가 건네준 호두과자 봉지를 가슴에 안았다. 갑자기 가슴 언저리가 짜안해져 다시 한 번 봉지를 내려다보았다. 못난 남동생의 마음이 그 안에 담겨 있었다.

"그이 이제 일해요. 택시 회사 다시 들어갔어요."

엄마는 근덕댁을 돌아보며 고개를 끄덕였다.

"올케가 참 고맙네."

"뭘요. 저는 아무것도 한 게 없는데…."

엄마는 호두과자 봉지를 소중히 안은 채 마지막 당부를 했다.

"노인네 잘 모셔."

"… 네."

엄마는 올케의 등을 몇 번 토닥여준 다음 그 눈을 찬찬히 들여다보았다. 근덕댁은 벌써부터 고장난 수도꼭지처럼 눈물을 뚝뚝 떨어뜨리고 있었다.

엄마는 그 눈물을 뒤로한 채 자동차로 향했다. 이미 정수와 연수가 앞좌석에 타고 있었다. 엄마는 앞좌석 차 문을 두드리며 정수를 불렀다.

"정수야, 니가 뒤에 타. 당신은 앞에 타요."

정수가 아버지의 서운한 눈길을 의식하며 미적미적 뒷좌석으로 왔다.

차는 천천히 집을 벗어나기 시작했다. 손을 흔드는 근덕댁의 모습이 점점 멀어지고 있었다.

차는 시내를 거쳐 바로 강북 강변도로로 접어들었다. 그리고 얼마를 더 달려 자연스럽게 자유로로 합류했다.

엄마는 정수의 손을 꼭 잡은 채 눈으로는 운전하는 연수의 뒷모습을 마냥 바라보았다.

"식구들끼리 소풍두 가고, 참 좋다."

엄마가 밝게 말했지만 아버지도, 연수도 아무런 대꾸가 없었다.

엄마는 개의치 않고 창밖으로 눈을 돌렸다. 차는 어느새 자유로를 벗어나 일산 시내를 달리고 있었다.

"일산이네? 저기 외곽으로 가는 거야? 거기 러브호텔 많다던데, 거기 갈라고?"

엄마가 어린애처럼 천진하게 물었다. 아버지는 말없이 고개를 끄덕였다. 그때 마침 차가 일산보건소 앞을 지나고 있었다. 아버지는 앞으로 자신이 일하게 될 보건소를 바라보며 엄마에게 속말을 전했다.

'잘 봐둬. 당신 죽고 웬 홀아비 하나가 저기 있을 거야. 꽁지 빠진 닭처럼 늙고 초라한 홀아비 보건소장이 말이야….'

남편의 속말을 들었을 리 없는 엄마는 벌써부터 지친 얼굴이다.

"딴 데 가지. 경치 좋은 데…."

엄마는 가물가물 잠에 빠져들었다. 정수는 엄마의 손을 꼭 쥔 채 굳은 얼굴로 창밖만 바라보았다.

잠시 후, 엄마는 차가 멈추는 기색에 깜짝 놀라 잠에서 깼다.

"다 왔어요."

"여긴… 우리 집이잖아?"

엄마는 신기한 듯 주변을 둘러보았다. 연수는 엄마의 기뻐하는 모습에 미소 지으며 아버지를 돌아보았다.

"내가 연수랑 대충 정리했어. 들어가자."

짐 보따리를 들고 내리는 아버지를 따뜻한 눈빛으로 쳐다보던 엄마의 눈시울이 이내 촉촉히 젖어들었다. 엄마는 차에서 내릴 생각도 않고 한동안 새집을 바라보고만 있었다.

새집에 도착한 뒤에야 엄마는 오늘 소풍이 자식들과의 마지막 이별 여행이라는 걸 깨달았다.

"정수야."

정수는 아까부터 한사코 창밖만 바라보고 있다. 엄마가 부르자 그제야 고개를 조금 돌리다 도로 시선을 외면해버린다.

"정수야, 엄마 봐야지?"

정수는 입술을 꽉 다문 채 고개를 숙였다. 엄마는 아들의 코트 단추를 일일이 채워주며 말을 이었다.

"엄마, 낼이라도 다 쉬었다 싶으면 갈게."

엄마의 손등으로 정수의 뜨거운 눈물이 떨어졌다.

"울어?"

정수는 힘겹게 고개를 가로저었다. 엄마는 그것을 모른 체하고 짐짓 장난스럽게 묻는다.

"정수야, 나 누구야?"

"… 엄마."

정수는 울지 않으려 고개를 쳐들고 눈을 부릅뜬다. 엄마는 그런 아들에게 애써 웃음을 지어 보인다.

"한 번만 더 불러봐."

"엄… 마."

정수는 기어이 목이 메어 어깨를 들썩였다. 엄마는 어린아이한테 이르듯 또박또박 말을 이어갔다.

"정수야, 너… 다 잊어버려도, 엄마 얼굴도, 웃음도 다 잊어버려도… 니가 이 엄마 배 속에서 나온 건 잊으면 안 돼."

정수는 입술을 꼭 깨물며 고개를 끄덕였다. 엄마도 같이 고개를 끄덕이며 아들의 머리를 천천히 쓰다듬었다. 그러다 문득 손가락에 끼고 있던 반지를 빼 아들에게 쥐여주었다.

"이거 나중에… 니 마누라 줘."

엄마는 정수가 그 반지를 받지 않고 자꾸 고개만 젓자 마침내 주르륵 눈물을 흘렸다.

"잊어먹을까 봐 그래. 아무리 뒤져봐도 엄마가 이거밖에 줄 게 없다. 미안해."

정수는 엄마 품에 안겨 울음을 삼키느라 이를 악물었다. 그렇게 한동안 아들을 끌어안고 있던 엄마가 정수를 떼어내며 창밖으로 고개를 돌렸다.

"잠깐 내려봐. 누나랑 할 얘기 있어."

정수가 차에서 내렸다.

엄마는 힘겨운 몸짓으로 시트에 등을 기대며 쏟아지려는 눈물을 참는다.

"연수야, 엄마가 아무래도 곧 정신을 놓칠 것 같다. 자꾸 가물가물해."

연수는 이미 엄마가 자식들과 마지막 이별 의식을 치르고 있다는 걸 느끼고 있었다. 차마 엄마 얼굴을 볼 수 없어 핸들을 부여잡은 채 연수는 고개를 끄덕였다.

뒤에서 엄마의 낮은 음성이 이어졌다.

"엄마, 연수 사랑해. 알지?"

"네, 저도… 엄마… 사랑해요."

연수는 고개를 숙이고 엄마 몰래 울고 있었다.

"그래. 사랑해. 아주 많이 사랑해."

엄마도 울고 있는가… 목소리가 점점 흔들리는 게 느껴졌다.

"너는… 나야. 엄마는… 연수야."

"네…."

"이제 동생 데리고 가. 엄마 아버지랑 좀 쉬어야겠다."

연수는 소리 죽여 울며 고개를 끄덕였다. 그때 뒤에서 엄마가 연수의 목을 끌어안았다.

"착한 우리 딸…."

엄마의 눈물 젖은 입술이 연수의 볼에 닿았다. 연수의 볼에서도 하염없이 눈물이 흘러내리고 있었다.

아이들이 가고 있다. 엄마는 멀어져가는 아이들의 뒷모습을 오래도록 지켜보며 손을 흔들었다. 아이들의 모습이 눈에, 가슴에, 갈비뼈에, 발등에 두루두루 불도장처럼 박히는 것 같다. 저것들이, 내 새끼들이 울며 간다. 먼발치에서 보아도 엄마는 눈에 선하다. 봐야 안다지만 엄마는 아니라고 생각한다. 저것들의 어미인 까닭에 보지 않아도 다 알 수 있는 것이다. 엄마는 터져 나오는 울음을 삼키며 입술을 질끈 물었다.

죽는다는 것, 그건 못 보는 것이다. 보고 싶어도 평생 못 보는 것. 만지고 싶은데 못 만지는 것. 평생 보지도 만지지도 못하고, 목소리도 들을 수 없는 것. 그것이 바로 죽음이라는 이름의 지독한 이별인 것이다.

엄마는 석상처럼 선 채 점점이 멀어져가는 연수의 차를 끝까지 바라보았다. 아버지가 그런 엄마의 어깨를 감싸 안고 안으로 들어갔다.

엄마는 잘 꾸며진 집 안을 보자 눈이 휘둥그레졌다. 옷장이며 응접세트, 식탁, 침대까지 모두 눈에 마뜩해 보였다. 커튼, 액자, 벽시계도 모두 자신의 취향에 꼭 맞았다.

"참 좋다. 언제 이걸 다…?"

"마음에 들어? 그냥 대충 했는데."

엄마는 아버지의 이런 배려가 고마우면서도 한편으로 못내 아쉬운 마음이 들었다. 새집에서 가족과 함께 새로운 추억을 만들고 싶었는데, 엄마가 이 집에 머물 수 있는 시간이 너무 짧았다. 추억을 만들기보단 영영 이별하는 아쉬운 장소가 될 거란 예감이 엄마의 마음을 헛헛하게 했다.

엄마는 길지 않은 여행에도 힘들었던지 침대에 눕자마자 깊은 잠에 빠져들었다.

겨울 해는 노루 꼬리처럼 짧았다. 엄마는 잠에 빠져 있느라 그토록 보고 싶어 하던 석양 무렵의 호수도 보지 못했다. 아버지는 오히려 다행이지 싶었다. 노을 지는 광경이 아내에게 무슨 별난 감흥을 줄 수 있겠는가. 스스로 노을이 되어 스러지고 있는 아내로서는 오히려 황혼의 아름다움 속에서 자신의 죽음이나 헤아리게 될 게 뻔했다.

엄마가 잠들어 있는 동안 아버지는 혼자서 아내에게 줄 저녁을 준비했다. 난생처음 차려보는 아내를 위한 밥상이었다.

엄마는 호수 주변으로 어둠이 완전히 내려앉은 뒤에야 잠에서 깨어났다.

“당신, 솜씨 좋네. 새장가 가도 되겠다.”

엄마는 아버지가 정성껏 끓인 죽을 힘없이 받아먹으며 배시시 웃는다.

“이걸 어떻게 만들었대?”

“연수한테 좀 배웠지, 뭐.”

엄마는 입보다는 눈으로 더 많은 음식을 먹었다. 아버지는 한 숟갈이라도 더 엄마 입에 떠 넣어주려 수저를 들이댔지만, 엄마는 한사코 보기만 한다. 입이 소태처럼 쓰고 헛구역질이 올라와서 음식이 잘 넘어가지 않았다.

“한 숟갈만 더 먹어봐.”

“이제 차 마시자.”

아버지가 마지막으로 떠 넣어주는 죽을 마지못해 받아 넘기고 나서 엄마는 서툴게 응석을 부렸다. 그런 엄마를 보며 아버지가 희미하게 웃었다.

아버지는 곧 차를 끓여 거실로 가져왔다.

"무슨 차야? 향이 좋네."

"몰라. 그냥 향이 좋은 차야. 훌훌 불어서 마셔. 뜨거워."

"꼭 신혼여행 온 것 같다. 당신 공부한다고 우리 신방도 못 차리고 산 거 알지?"

차를 한 모금 마시며 방긋 미소 짓는 엄마를 아버지는 처연하게 본다. 이름 모를 차 한 잔에도 저렇게 행복해하는 여자에게 그동안 왜 그렇게 못 해줬던가. 하루에 한 시간만이라도, 아니 한 달에 십 분만이라도 저렇게 아내를 기쁘게 해주었더라면 지금처럼 마음이 헛헛하지는 않았을 것을.

아버지의 사무치는 회한을 꼬집기라도 하듯 엄마가 말했다.

"말년에 복이 텄다더니, 이런 날이 올려고 그랬나 보네. 당신은 좋겠다. 이런 집에서 앞으로 십 년은 살겠지?"

아버지는 엄마의 말을 묵살하며 입을 열었다.

"씻을래?"

"힘들어."

"힘드니까 씻어. 씻겨줄게."

"정말?"

엄마가 어리둥절한 눈으로 아버지를 쳐다보았다. 평생 목욕은커녕 한여름에도 물 한 바가지 안 끼얹어주던 남편이었다.

아버지는 쑥스럽고 미안한 마음으로 엄마를 번쩍 안아 들었다.

엄마 역시 부끄러워하면서도 아버지 품에 얌전히 안겼다.

욕실에 들어선 아버지는 엄마를 욕조에 걸터앉히고 한 가지씩 가만가만 옷을 벗겨주었다. 삶은 달걀처럼 희고 부드러웠던 살결이 이제는 나무껍질처럼 마르고 군데군데 멍든 자국마저 선명하다. 하지만 아버지 눈에는 그런 엄마가 전혀 험해 보이지 않았다. 새색시인 양 여전히 고왔다.

욕조엔 이미 따뜻한 물이 가득 담겨 있었다. 아버지는 엄마의 몸을 조심스럽게 욕조에 누이고 비누칠을 해서 정성껏 닦아주었다. 엄마는 어색해하면서도 간지럼을 타는 아이처럼 어리광을 부렸다.

"눈 매워."

"그러니까 눈을 꼭 감아야지."

"감아두 매워."

아버지는 엄마의 머리를 헹구고 드라이어로 꼼꼼하게 말린 다음, 미리 사둔 잠옷으로 갈아입혔다. 발그레 홍조 띤 엄마의 얼굴은 소녀처럼 해맑았다. 아버지는 수건으로 얼굴에 남은 물기를 마저 닦아주고 나서 엄마를 찬찬히 살펴보았다.

"이쁘다, 우리 마누라."

그 말을 들은 엄마가 갓 시집온 색시처럼 수줍게 웃었다. 이제 저 웃음을 언제 다시 볼 수 있을까. 천년 뒤 내생의 어느 이름 모를 마을에서, 아니면 낯선 어느 길모퉁이에서, 그런 데서나마 볼 수 있을까.

곱다… 그 웃음…. 슬프도록 곱다….

엄마와 아버지는 나란히 침대에 누웠다.

"테레비라도 하나 갖다 놓을걸. 심심하네."

멀뚱하게 누워 있던 아버지가 먼저 입을 열었다. 아버지는 공연히 눈 둘 곳을 몰라 허둥대고 있었다. 아닌 게 아니라 부부가 이런 시간을 가져보는 게 처음이라 조금은 낯설고 멋쩍었던 것이다.

골똘히 생각에 잠겨 있던 엄마가 입을 열었다.

"여보 나 소원 있어."

"…."

"나, 무덤 만들어줘."

며칠 전까지만 해도 엄마는 차가운 땅속에 묻히기 싫다며 차라리 화장이 좋다고 했었다. 그땐 왜 쓸데없는 소리를 하냐며 버럭 화를 냈는데, 아버지는 지금 그럴 배짱도 없다.

"언젠 답답해서 싫다구 화장해달라며?"

"우리 엄마 화장하니까 별루드라. 남한강에 뿌렸는데, 오래되니까, 여기다 뿌렸는지 저기다 뿌렸는지 도통 기억에 없구. 여기 가서 울다, 저기 가서 울다… 꼭 미친 사람처럼…. 당신하구 애들은 그러지 말라구."

아버지는 나지막이 한숨을 몰아쉬었다. 잠시 할 말을 잃은 듯 손가락을 물어뜯고 있던 엄마가 조심스럽게 물었다.

"당신은… 나 없어도 괜찮지?"

아버지가 말없이 엄마를 바라보았다. 엄마는 그 눈길을 외면하며 말을 이었다.

"잔소리 안 하고 좋지, 뭐."

"…."

"나, 보고 싶을 거는 같애?"

아버지는 엄마를 더 이상 마주 보지 못하고 고개만 끄덕여주었다.

엄마가 또 묻는다.

"언제? 어느 때?"

"… 다."

"다 언제?"

"아침에 출근하려고 넥타이 맬 때."

"… 또?"

"맛없는 된장국 먹을 때."

"또?"

"맛있는 된장국 먹을 때."

"또?"

묻는 엄마도, 대답하는 아버지도 점차 목소리가 잦아들고 있었다. 아버지는 엄마를 보지 않은 채 마음속에 빗장처럼 걸려 있던 말들을 하나씩 하나씩 뱉어냈다.

"술 먹을 때, 술 깰 때, 잠자리 볼 때, 잔소리 듣고 싶을 때, 어머니 망령 부릴 때, 연수 시집갈 때, 정수 대학 갈 때, 그놈 졸업할 때, 설날 지짐이 부칠 때, 추석날 송편 빚을 때, 아플 때, 외로울 때…."

아버지의 고백이 이어지는 동안 엄마는 물기를 가득 머금은 눈으로 주위를 두리번거렸다. 엄마도 차마 아버지의 얼굴을 마주 보지 못할 만큼 감정의 진폭이 커지고 있었다.

"당신 빨리 와. 나 심심하지 않게."

기어이 엄마 눈에서 눈물이 흐른다. 아버지는 엄마를 와락 껴안았다. 그리고 더 이상 눌러둘 수 없는 슬픔을 꺽꺽 토해냈다.

엄마가 젖은 눈을 들어 수줍게 웃으며 아버지를 바라보았다.

"여보, 나 이쁘면 뽀뽀나 한번 해주라."

아버지는 엄마의 얼굴을 두 손으로 감싸쥐고 길고 오랜 영혼의 입맞춤을 했다.

"인희야… 정말… 고마웠다…."

침실 가득 눈부신 햇살이 밀려들었다. 햇살은 마치 축복인 양 쏟아져 들어와 잠든 엄마의 하얀 얼굴을 비추고 있었다.

아버지는 잠에서 깨자마자 조용히 엄마를 불러보았다.

"여보."

엄마는 아버지의 팔에 안긴 채 미동도 없이 잠들어 있었다. 엄마를 안고 있는 오른쪽 팔에서는 이미 온기가 느껴지지 않았다. 아버지의 눈에 물기가 가득 배어 나온다. 아버지는 차마 엄마를 보지 못하고 다시 한 번 조용히 불러본다.

"여보…."

엄마는 아무런 대답이 없다. 아버지는 몸을 일으켜 마치 잠이 든 듯 깨어나지 않는 엄마를 가만히 내려다본다.

"인희야!"

이젠 영원히 그 대답을 듣지 못할 엄마의 이름을 부르며 아버지는 오열한다. 주체할 수 없는 눈물이 계속 아버지의 볼을 타고 흘러내렸다.

아버지는 몸을 굽혀 식어버린 아내의 몸을 부서져라 껴안았다. 엄마의 입술에 입을 맞추며 그렇게 언제까지, 언제까지 끌어안고 있었다.

… 어느 결에 고인 슬픔인지, 깊이 잠든 엄마의 눈에도 차디찬 물기가 서려 있었다.